Mehr Wissen ...

Astrologie

Mehr Wissen ...

Astrologie

Was uns die
Sterne sagen -
das Horoskop und
seine Bedeutung

tosa

Originaltitel „Astrologia“, gezeichnet und entwickelt von
Oceano®, Oceano Grupo Editorial, S.A., Spanien

Übersetzung, Redaktion und Satz: Dr. Jörg Meidenbauer Verlagsbüro, München
Covergestaltung: Joseph Koó

Printed in Slovenia

CAPRICORNVS
SAGITTARIVS
SCORPIO
SCORPIVS
AQVARIVS
Serpentarius
SAGITTARIVS
Antinous
Aquila
LIBRA
Equuleus
Delphinus
Lyra
Serpens
Corvus
Pegasus
Cygnus
Draco
Bootes
VIRGO
Colurus
Andromeda
Cepheus
Coma Berenices
PISCES
Cassiopeia
Vrsa major
ARIES
Cetus
Triangulum
Auriga
LEO
Perseus
TAVRVS
GEMINI
CANCER
Orion
TAVRVS
GEMINI
CANCER
LEO
ARIES

TERRAE·MO TVS

Einführung

„Astrologie“ bedeutet im eigentlichen Wortsinn „ Wissenschaft von den Sternen“. Diese Definition kann allerdings leicht falsch verstanden werden, wenn wir Astrologie und Astronomie verwechseln. In der Antike waren beide Wissenschaften noch nicht getrennt. Ihre Abspaltung und Spezialisierung erfolgte erst viel später. Sie ist vor allem für unsere Zeit typisch: Heutzutage wird die Astrologie von den Vertretern der Astronomie belächelt und als Phantasieprodukt abgetan. Ein schillerndes Beispiel dafür ist die Debatte um das 13. Sternbild Ophiuchus (Schlangenträger). Die Astronomen kritisieren deshalb die Astrologie scharf, mit dem Ergebnis, daß breite Schichten der Öffentlichkeit verwirrt sind. Es wird heute oft die Meinung vertreten, daß aufgrund dieses Sternbildes niemand eigentlich wissen könne, zu welchem Sternzeichen er gehöre.

In Wahrheit entsprechen die Tierkreiszeichen aber nicht den Planetenkonstellationen des Tierkreises, also den Sternbildern. Astronomische Konstellationen und Sternzeichen sind verschiedene Dinge. Ihre Zahl stimmt zwar überein, man darf sie jedoch nicht verwechseln. Die Wörterbuch-Definition der Astrologie besagt sie sei eine „Wissenschaft oder Deutungskunst, die darin besteht, aus der Stellung der Sterne die Zukunft vorherzusagen.“ Die Astronomie hingegen wird folgendermaßen definiert: „Wissenschaft der Erforschung der Himmelskörper, ihrer Bewegungen, ihrer chemischen und physischen Beschaffenheit, ihrer relativen Positionen und ihrer Entwicklung.“ Ohne jetzt die Debatte zwischen beiden Richtungen fortzuschreiben: es muß hier doch klargestellt werden, daß die Astrologie in erster Linie auf physischen Daten und der astronomischen Bewegung basiert. „Horoskop“ bedeutet eigentlich „Stundenschau“. Diese Bedeutung hat der Begriff jedoch wegen seiner Popularität verloren. Für die Mehrheit der Bevölkerung ist das Horoskop eine Rubrik in der Presse, die man liest, um zu erfahren, was an bestimmten Tagen gemäß der Stellung der Sterne passieren könnte.

Die Astrologie beruft sich auf die Zusammenhänge der Geschehnisse auf der Erde mit den Bewegungen der Planeten: Wissenschaftler wie Newton und Jung glaubten an ihn und betrieben sogar ihre eigenen astrologischen Studien. Dabei stießen sie auf interessante und wertvolle Ergebnisse, die sehr für die Aussagekraft dieses Wissens sprechen. Es gibt verschiedene Arten astrologischer Deutung: a) das Welthoroskop, das sich auf die Staaten und ihre Politik bezieht; b) das vorhersagende Horoskop: Wie sein Name schon andeutet, werden in ihm konkrete Ereignisse vorhergesagt, die im Leben des Horoskopeigners auftreten können; c) das Stundenhoroskop, das dazu dient, konkrete Fragen in Hinsicht auf Geschäfte, Gesellschaften, Arbeit etc. sofort zu beantworten; e) das medizinische Horoskop, um den tatsächlichen und potentiellen Gesundheitszustand einer Person zu beurteilen; und f) das psychologische Horoskop: Es erforscht die Persönlichkeit und das Potential der Menschen, die einen tieferen Sinn in ihrem Leben suchen. Von diesem Horoskop wird heute häufig Gebrauch gemacht. Nach einer okkulten und obskuren Epoche, über die das rationale und wissenschaftliche Denken die Oberhand gewann, erlebt die Astrologie in der heutigen Zeit wieder einen regelrechten Boom. Dies hängt möglicherweise damit zusammen, daß wir uns im Zeitalter des Wassermanns befinden. Auf der ganzen Welt wurden astrologische Schulen und Gesellschaften gegründet, in London eröffnete man sogar eine Fakultät für astrologische Studien. Viele Bücher zur Astrologie werden veröffentlicht und interessante Forschungen betrieben, in denen Psychologie mit astrologischem Wissen, Medizin und der in unserem Computerzeitalter so wichtigen Technik vermischt und geeint wird. Es ist möglich, daß die Astrologie in Zukunft vielleicht ein Teil der Allgemeinbildung darstellt und man sie in der Schule zusammen mit Mathematik, Geschichte und Biologie unterrichtet.

Englisches Planetarium des 18. Jahrhunderts.

Ein Blick in die Geschichte

Schon als sich die Menschheit noch im Kindesalter befand, wurde der Himmel beobachtet. Die immerwährende Wiederkehr von Sonne und Mond gaben dem Menschen das Gefühl der Sicherheit. Das Sonnenlicht erlaubte ihm zu sehen und flößte ihm Vertrauen ein. Der Mond war jedoch für ihn mit einer anderen Sphäre verbunden. Sie erschien durch den Wechsel ihrer Phasen veränderlicher und wurde daher mit Unsicherheit und Träumen in Verbindung gebracht. Die damals lebenden Menschen ordneten diesen beiden Gestirnen seelische Qualitäten zu und übertrugen ihre inneren Gefühle auf sie. Sonne und Mond verliehen ihrem Leben gleichzeitig einen chronologischen und zyklischen Rhythmus. Die Sonne symbolisierte Leben und Vater, der Mond Fruchtbarkeit und Mutter. Es wurden 7000 Jahre alte archäologische Inschriften entdeckt, die den Mondzyklus von 28 Tagen als einen Mondkalender der Fruchtbarkeit darstellen.

Das Volk der Antike, das die meisten astrologischen Forschungen betrieb, war das Volk der Sumerer. Zwischen 3200 und 2500 v. Chr. wurden

Die Zikkurat, Kultmonument aus Mesopotamien, war aufgrund ihrer Höhe ein hervorragendes astronomisches Observatorium.

in Mesopotamien Pyramiden errichtet, deren Seiten sich nach den Kardinalpunkten orientierten und sieben Plattformen oder Ebenen besaßen. Jede von diesen war einem der sieben Planeten zugeordnet. Sie standen in Verbindung mit den inneren Fähigkeiten des eingeweihten Menschen: Er mußte sie in seinen Entwicklungsstufen durchlaufen. In der ersten Ebene der Einweihung wurden der Mond und seine Eigenschaften verehrt: Schutz, Fürsorge und Ernährung. Nach deren Abschluß stieg der Eingeweihte zur zweiten Stufe auf. Sie war dem Merkur gewidmet und bezog sich auf Kommunikation, Bewegung und intellektuelle Fähigkeiten. Die dritte Plattform stand im Zeichen der Venus, der man die Kraft zuschrieb, die Energien für ein glückliches Gefühlsleben zu bringen. Mit dem Abschluß dieser Stadien gewann der Adept die Fähigkeit, sich von seinem Ausgangspunkt zu entfernen. Es war ihm gegeben, innerlich zu wachsen, er beschritt die Ebene der Verehrung der Sonne. Hier erlangte er das Bewußtsein seiner Identität als individueller Mensch. Die fünfte Ebene war dem Planeten Mars gewidmet, auf ihr mußte Handlungsfähigkeit und Kampfgeist erlernt werden. Sie diente der Verwirklichung der individuellen Eigenschaften der Sonnenebene. Als sechste Stufe wurde die des Jupiter angesehen. Auf ihr war dem Eingeweihten auferlegt, sich Ideale zu erwerben. Durch sie konnte er eine Weisheit erlangen, die es ihm ermöglichte, sich zu entwickeln und zu wachsen. Die letzte Plattform schließlich stand im Zeichen des Saturn. Dort sollte lernen sich Grenzen zu setzen, Zeit zu gewinnen und die übergeordnete Kraft des Schicksals zu erkennen. Nachdem der Adept all diese Stufen hinter sich gelassen und ihre Prinzipien verinnerlicht hatte, war seine Identität solide und stark. Er verstand nun den Sinn von Leben und Tod. Eine der bekanntesten Pyramiden oder Zikkurate war der sogenannte „Turm von Babel". In der Bibliothek von Ninive wurden kleine Tafeln gefunden, auf denen die frühesten astrologischen Vorhersagen getroffen wurden. Sie bezogen sich auf die Saat, die Volksstämme und die

Abbildung des Wassermanns (Symbol des gleichnamigen Sternzeichens). Relief im Tempel von Ninhursaq.

Könige. Die ersten Verzeichnisse der Sonnen- und Mondfinsternisse und der erste soli-lunare Kalender stammen ebenfalls aus der Epoche der Sumerer. Ein weiterer bedeutender Schauplatz der astrologischen Forschung war das alte Ägypten ab 4.500 v. Chr. Zu dieser Zeit wirkte der bemerkenswerte Okkultist Hermes Trismegistos. Er faßte grundlegende philosophische Erkenntnisse zu sieben Prinzipien zusammen. Einer dieser Leitsätze lautete: „Wie es oben ist, so ist es unten, wie es unten ist, so ist es oben.“ Damit wollte er ausdrücken, daß es einen Zusammenhang zwischen dem Kosmos und dem Menschen gibt und daß dieser durch Astrologie anschaulich gemacht werden könne: Wie es sich oben im Himmel verhält, so müsse es sich auch im Leben des Menschen verhalten. Die Ägypter verbargen in der großen Pyramide von Cheops das astrologische Geheimwissen ihrer Zeit. Es gab auch bedeutende Mathematiker unter ihnen. Um 1300 v. Chr. erstellten die Astrologen Necpsos und Petosiris den Kalender der „guten und schädlichen Tage“ und sagten unter Zuhilfenahme der Astrologie Krankheiten voraus. Auch in China war sie von großer Bedeutung: Die ausgezeichneten Mathematiker dieses Landes errechneten anhand der Sonne die Dauer des Jahres von 365 Tagen.

Auch im aztekischen Mexiko gab es eine ausgeprägte astrologische Kultur. Die Religion der Azteken gründete auf der Verehrung von Sonne und Mond. Eines der wichtigsten Symbole war die „Quetzacoatl“, die gefiederte Schlange. Für Europa war die keltische Kultur in Spanien, Frankreich

Sonne und Mond auf einem assyrischen Relief

Das megalithische Gefüge Stonehenge in England war ein echtes astrologisches Observatorium.

und England bedeutend. Aus ihrer Zeit stammen die Dolmen und Menhire, die zweifellos heilige und mystische Orte waren. An ihnen wurden magische Rituale durchgeführt. In England gibt es die berühmte Stätte „Stonehenge". Sie wurde zu astrologischen Zwecken erbaut. In ihrem kreisförmigen Monument konnte eine Person, die sich im Zentrum befand, astronomische Vorgänge beobachten, so z. B. die Umlaufbahn der Sonne, Mond- und Sonnenfinsternisse und die Bewegung des Polarsterns. Die Steine waren Maße und vermutlich konnten mit ihrer Hilfe meteorologische Vorhersagen getroffen werden. Sie dienten dazu, den günstigsten Zeitpunkt für Saat und Opferfeste zu bestimmen. Es geht die Sage, daß das Volk, das Stonehenge errichtete, von Überlebenden aus Atlantis regiert wurde.
Als Alexander der Große im Jahre 330 v. Chr. Mesopotamien eroberte, wanderten einige babylonische Astrologen nach Athen aus und gründeten dort ein astrologisches Zentrum. Pythagoras formulierte bereits einige Jahre früher eine neue Philosophie, die sich auf die Astrologie stützte. Er entwickelte und lehrte die Numerologie oder Zahlenlehre. Seine Erkenntnisse werden auch heute noch in der Astrologie verwendet: Man spricht bei 0° von der Konjunktion, bei 180° von der Opposition, bei 120° vom Trigon, bei 90° vom Quadrat und bei 60° vom Sextil. Als Griechenland von 250 v. Chr. an seine kulturelle Bedeutung allmählich verlor, verlagerten sich die Zentren der Kultur und der Astrologie nach Alexandria in Ägypten. Hier wurden die alexandrinischen Astrologieschulen gegründet. An einer

Astrolabium der Araber

Newtonsches Teleskop des 17. Jahrhunderts.

Der Astrologe Tycho Brahe in seinem Laboratorium.

von diesen lernte und lehrte einer der größten Astrologen, Ptolemäus. Er schrieb eine Tetralogie in der die Grundsätze der kosmischen Einflüsse festgelegt wurden. Mit ihr nahm die moderne Astrologie ihren Anfang. Die Tetralogie, des Ptolemäus bestand aus vier Büchern. Das erste handelte von der Wissenschaft der Zukunftsdeutung, das zweite erklärte die allgemeinen und speziellen Voraussagen, das dritte war den individuellen medizinischen Vorhersagen gewidmet, und das vierte den Deutungen in bezug auf Reichtum, Ehre und militärische Operationen. Ptolemäus sprach von vier Elementen: Feuer, Erde, Luft und Wasser. Er unterschied die Planeten in „gute" und „unheilbringende". Mit dem Niedergang des römischen Reiches wandelte sich die Astrologie in Aberglaube. Ungefähr im Jahre 1000 erlebte Europa eine humanistisch-kulturelle Renaissance, die ein erneutes Aufleben mit sich brachte. Die christlichen Astrologen lösten die arabischen ab. Sie veröffentlichten ihr Wissen in Almanachen für die Saat und in Tageshoroskopen. Kopernikus (1473–1543) vertrat als erster die Meinung, daß die Erde und die anderen Planeten sich um die Sonne drehen, Galilei (1564–1641) verbesserte das Teleskop entscheidend. Er beobachtete die Sterne und entwickelte astrologische Interpretationen. In derselben Epoche lebte auch Kepler (1571–1630), ein herausragender Astrologe, Astronom und Mathematiker. Er kann mit seiner Theorie der Aspekte als der letzte astrologische Forscher der Neuzeit gelten. Morin de Villefranche (1583–1656), ein französischer Mathematiker, systematisierte die astrologischen Interpretationsgesetze in einem rationalen Modell von Ursache und Wirkung. Es wird in seinem großen Werk „Die gallische Astrologie" dargestellt,in dem er – beeinflußt vom starren Geist seiner Epoche – seinen wissenschaftlichen Ehrgeiz mit der Astrologie zu verbinden versuchte.

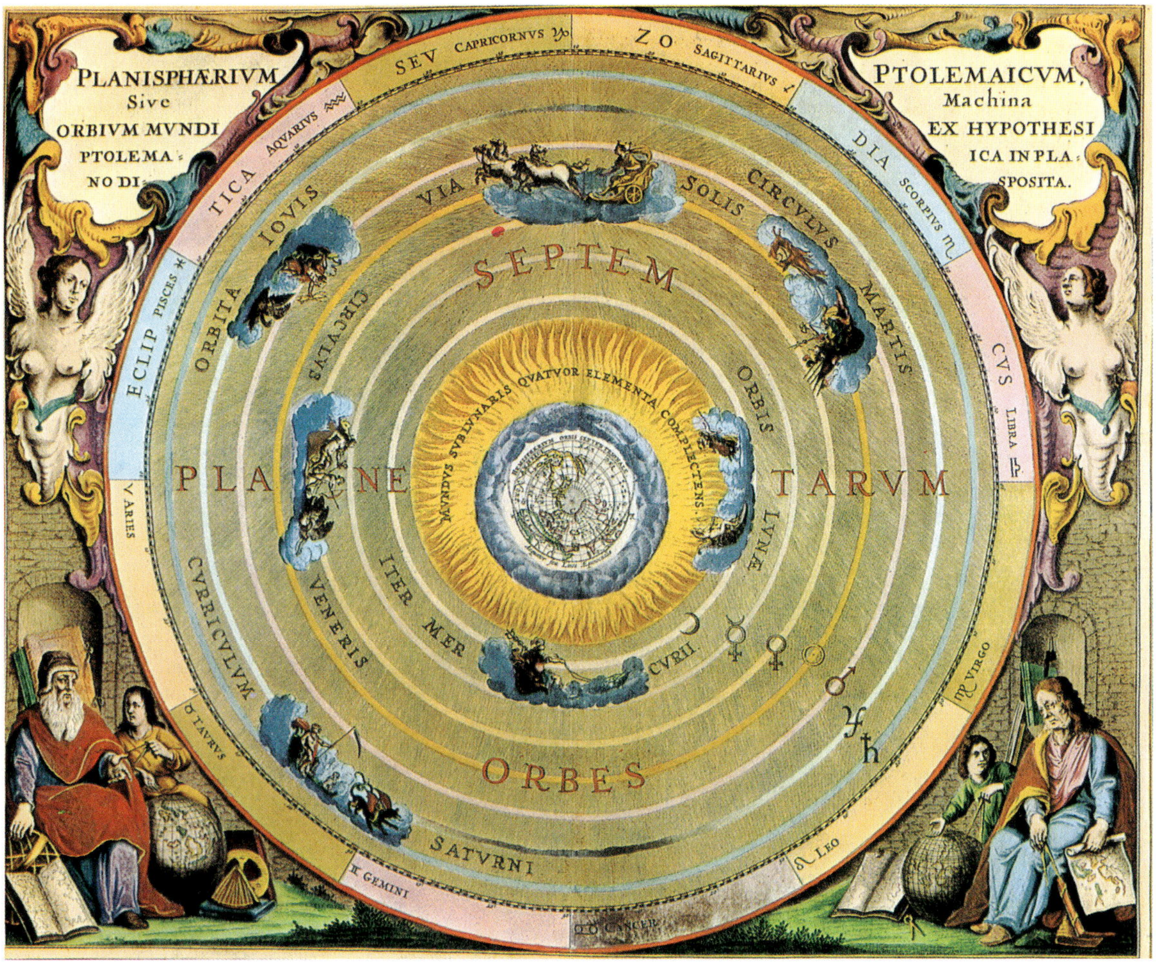

Geozentrisches System des Ptolemäus, nach dem die Erde unbeweglich im Zentrum des Universums steht.

Dies ging jedoch sehr zu Lasten eines anderen, Bestandteils, nämlich der Intuition und der kreativen Freiheit.Während des 18. und 19. Jahrhunderts mußte die humanistische Astrologie heimlich betrieben werden, da sie nicht in den wissenschaftlichen und rationalen Zeitgeist der Epoche paßte. Im 20. Jahrhundert trugen Einsteins Theorien über die Atome als universelle Bausteine aller Materie und die Freudschen Theorien über die Bedeutung des menschlichen Unbewußten zu einer anderen Sichtweise des Menschen bei. In ihr erhielt die Astrologie wieder größere Bedeutung. In diesem Zusammenhang muß der britische Astrologe John Addey (1920 - 1982) hervorgehoben werden, der mit dem Begriff der Harmonie – wobei die Numerologie zu den kosmischen Sphärenklängen in Beziehung gesetzt wurde – einen sehr wichtigen Beitrag leistete. Auch Marc Edmund Jones war ein bedeutender Forscher. Er begründete die psychologische und symbolische Astrologie, die auch heute noch von großer Bedeutung ist. In jüngster Zeit hat ihr die an der astrologischen Fakultät in London lehrende britische Astrologin Liz Greene nochmals eine neue Dimension gegeben. Sie verknüpft astrologisches Wissen mit der Psychologie C. G. Jungs und verwendet und erforscht das Lesen des Horoskops als Mittel zur Selbsterkennung.

Das Horoskop

Das Horoskop als „Himmelskarte“ zeigt den Himmel, wie er von der Erde aus zum Zeitpunkt der Geburt einer Person gesehen werden kann. Es bestimmt die entscheidenden Einflüsse auf die Person und macht sie kenntlich. Das Horoskop stellt eine Momentaufnahme dar, in der die Positionen der Sonne, des Mondes und der Planeten abgebildet sind.

Wenn jemand sagt, er hätte dieses oder jenes Sternzeichen, so bezieht er sich im allgemeinen auf die astrologische Stellung, in der sich die Sonne am Tag seiner Geburt befand. Man nennt sie daher auch Sonnenzeichen. Ein Mensch, der am 2. Mai geboren wurde, hat z. B. das Stern- oder Sonnenzeichen Stier. Einer, der Anfang August geboren ist, das Zeichen Löwe. Bei der Erstellung eines Horoskopes wird jedoch auch ein anderes Zeichen berücksichtigt, das ebenfalls im Zusammenhang mit der Persönlichkeit steht, nämlich der Aszendent. Er ist mit der Uhrzeit der Geburt in engen Zusammenhang zu bringen und Er stellt den Punkt der Himmelswölbung dar, der im Moment der Geburt am östlichen Horizont erscheint. Der Aszendent kann so als der Ausgangspunkt des Horoskopes gelten. Er ist von großer Bedeutung für die Berechnungen der astrologischen Häuser, bei denen die Geburtsstunde so genau wie möglich bekannt sein muß. Die kreisförmige Struktur des Horoskopes symbolisiert etwas, das keinen Anfang und kein Ende hat und das – schon seit der Antike – in Zusammenhang mit der Ewigkeit steht. Es bedeutet ein „Mandala“ oder einen Schutzkreis, der in sich vollkommen ist und das Saatkörnchen der individuellen Fülle in sich trägt. Teilen wir diesen unendlichen Kreis in zwei Hälften auf, so erhalten wir die Horizontlinie, die die Erde, die Materie und die weibliche Energie versinnbildlicht. Dies ist die Achse Aszendent-Deszendent, die ebenfalls bereits im Moment der Geburt feststeht.

Der Aszendent bestimmt unser Auftreten und die Art und Weise, wie wir an die Dinge herangehen.

Die Astrologen verwendeten zahlreiche Instrumente für ihre Berechnungen. Hier im Bild ein Astrologe des 16. Jahrhunderts mit Astrolabium, und oben eine Ekliptik mit den Tierkreiszeichen.

DAS ACHSENKREUZ

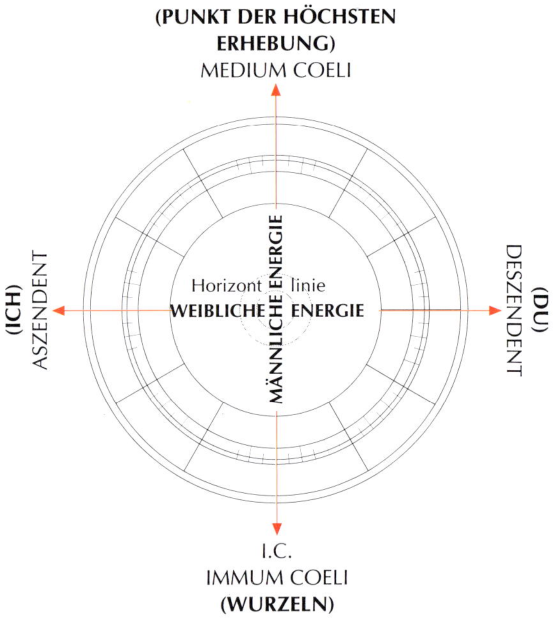

Darstellung des Achsenkreuzes.

Der Deszendent, wie wir mit unseren Mitmenschen Kontakt aufnehmen und wie unser Verhältnis zu ihnen beschaffen ist. Der Deszendent ist das Ich, wenn es auf das Du trifft.

Ziehen wir durch diesen Kreis eine vertikale, die Horizontale in zwei Hälften teilende Linie, so erhalten wir zwei weitere, wichtige astrologische Punkte: oben die Himmelsmitte oder das Medium Coeli und unten die Himmelstiefe, das Immum Coeli. Die Linie wird Gotteslinie genannt und symbolisiert die männliche Energie. Das Medium Coeli (M. C.) bedeutet die Richtung, die wir in unserem Leben einschlagen, um unsere Potentiale im Hinblick auf Beruf und Berufung zu verwirklichen. Das Immum Coeli (I. C.) zeigt unsere Wurzeln, das Seelische, aus dem wir unsere Kraft schöpfen und unser inneres Haus. Nimmt man die beiden Linien zusammen, so bilden sie ein Kreuz, das sogenannte Achsenkreuz. Es verbindet die geistige Welt mit der materiellen und drückt unser Potential aus, das männlich-positive und das weiblich-negative Prinzip – die Inspiration und die Verwirklichung – in Einklang zu bringen. Ziel der Astrologie ist es, Orientierungshilfen zu geben, damit dieses harmonische Gleichgewicht gefunden werden kann.

Die astronomischen Berechnungen eines Horoskopes sind eigentlich gar nicht so schwierig. Heutzutage sind Computerprogramme, die in wenigen Minuten ein Horoskop berechnen und zeichnen, für jedermann zugänglich. Besitzt man ein solches Programm nicht, so benötigt man eine Tabelle der Ephemeriden. In ihr sind die täglichen Positionen der Planeten und die sogenannte „Sternzeit" – für Mittag oder Mitternacht – nachzulesen. Zudem ist eine Häusertabelle vonnöten, um das Land und den Ort zu suchen, wo die Person, deren Horoskop man erstellen möchte, lebt oder geboren ist. Man muß außerdem die Zeitverschiebung im Verhältnis zur Greenwich-Zeit im betreffenden Jahr sowie die geographischen Koordinaten des Geburtsortes kennen. Abgesehen von den vier Punkten, die bereits genannt wurden (Aszendent, Deszendent, Medium Coeli und Immum Coeli) besteht das Horoskop noch aus den zwölf Tierkreiszeichen, den zwölf Häusern, den acht Planeten, Sonne und Mond und den Aspekten zwischen diesen.

Die zwölf Tierkreiszeichen

Jeder identifiziert sich im allgemeinen mit seinem Sonnenzeichen. Dennoch sind im Horoskop alle zwölf Tierkreiszeichen enthalten. Für den einzelnen gewinnen diese dann an besonderer Bedeutung, wenn sich ein Planet in diesem Zeichen befindet. Jemand, der zum Beispiel die Sonne im Zeichen Widder hat, bei dem aber fünf Planeten im Zeichen Fische stehen, wird auch sehr von diesem Sternzeichen beeinflußt werden. Anders gesagt: Wir tragen alle in mehr oder weniger starker Ausprägung etwas von sämtlichen Tierkreiszeichen in uns. Sie werden jedoch von der Position der Sonne, des Aszendenten, des Medium Coeli und von den Planeten in den Zeichen verstärkt. werden in die vier fundamentalen Naturelemente unterteilt: Feuer, Erde, Luft und Wasser.

Die Elemente erster Ordnung sind Feuer und Was-

POLARITÄTEN

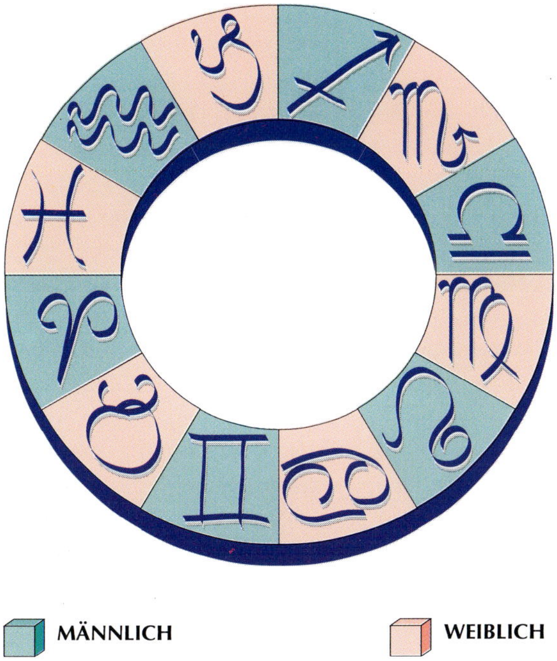

Männliche und weibliche Tierkreiszeichen.

ser, Luft und Erde sind abgeleitet, und zwar die Luft vom Feuer und die Erde vom Wasser. Feuer und Luft sind männliche Prinzipien. Die Menschen, bei denen sie dominant sind, sind extrovertierter und impulsiver. Wasser und Erde hingegen sind weibliche Prinzipien und tendieren zur Verinnerlichung. Die Personen mit diesen Schwerpunkten sind etwas zaghafter. Jedes Horoskop beinhaltet die vier Elemente. Stehen in einem bestimmten Zeichen allerdings keine Planeten, muß möglicherweise ein Ausgleich gesucht werden. So versucht vielleicht jemand, der keine Planeten in Feuerzeichen hat, ständig selbst die Initiative zu ergreifen. Jemand ohne Erdzeichen wird stets Sicherheitsbeweise benötigen. Ein Mensch ohne Luftzeichen möchte immer wieder seine intellektuellen Fähigkeiten unter Beweis stellen, und einer ohne Wasserzeichen wird versuchen, seine Gefühle stärker auszudrücken.

Die Elemente

Das Feuerelement steht in Zusammenhang mit Vitalität, Leidenschaft, unmittelbarem Handeln und Intuition. Personen, bei denen dieses Element stark betont ist, haben die Fähigkeit, ihre Mitmenschen zu inspirieren. Sie setzen viel Energie ein, um ihre Ziele zu erreichen, sind oft enthusiastisch und extrovertiert. Das Feuer ist ein aktives Prinzip, bei dem der Selbstausdruck im Vordergrund steht. Die drei Feuerzeichen des Tierkreises sind Widder, Löwe und Schütze. Das Erdelement steht in Zusammenhang mit den Sinnen, durch die wir in Kontakt mit unserer Umwelt stehen. Personen, bei denen dieses Element überwiegt, legen für gewöhnlich großen Wert auf Nützlichkeit, auf Besitz und dessen Absicherung. Ihre Aufgabe besteht darin, für alles Körperliche zu sorgen. Die drei Erdzeichen im Tierkreis sind Stier, Jungfrau und Steinbock.

ELEMENTE

Zusammenstellung der vier Elemente.

DREIECKE

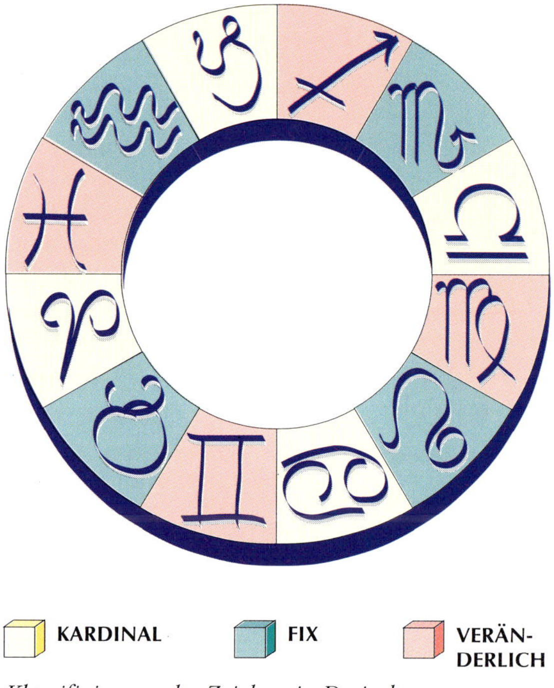

Klassifizierung der Zeichen in Dreiecken.

Das Luftelement steht in Zusammenhang mit dem Intellekt und dem Unterscheiden-Können, der Verständigung und dem Wort, der Welt der Gedanken und der Ideen. Personen, bei denen dieses Element überwiegt, sind normalerweise rational, neugierig und kommunikativ. Ihre Fähigkeit besteht darin, durch ihr Denken und durch das Gespräch mit anderen die Kraft des Geistes und des Verstandes zu kanalisieren. Die drei Luftzeichen im Tierkreis sind Zwillinge, Wassermann und Waage.
Das Wasserelement steht in Zusammenhang mit dem Gefühl, der inneren Befindlichkeit, der Emotion, der Sensibilität und der Einfühlsamkeit. Personen mit Schwerpunkten in den Wasserzeichen sind sensibel und mitfühlend. Sie haben die bemerkenswerte Gabe, sich in andere Menschen einzufühlen und diese zu verstehen. Ihre Aufgabe liegt darin, ihren Mitmenschen die Existenz der menschlichen Seele bewußt zu machen. Die drei Wasserzeichen sind Krebs, Skorpion und Fische.

Die Dreiecke

Eine weitere wichtige Klassifizierung der Tierkreiszeichen sind die Dreiecke. Hierbei werden drei Tendenzen berücksichtigt: Es gibt Kardinalzeichen, fixe Zeichen und veränderliche Zeichen.
Kardinalzeichen sind Widder, Krebs, Waage und Steinbock. Personen mit mehreren Planeten in diesen Zeichen sind meist aktiv, dynamisch und energiegeladen. In schwierigen Situationen bewahren sie stets einen kühlen Kopf. Wenn ihnen ihr Leben zu ruhig erscheint, so sind sie geneigt, selber Probleme zu schaffen, um diese zu lösen. Stehen keine Planeten in den fixen Zeichen, wird die Person eher ruhig und gelassen sein.
Fixzeichen sind Stier, Löwe, Skorpion und Wassermann. Personen mit mehreren Planeten in diesen Zeichen suchen Tiefe im Leben. Ihr Problem ist, daß sie sich schnell in ihre Ideen verrennen können. Hat jemand aber keine Planeten in diesen Zeichen, wird er dazu tendieren, seine Auffassungen und Ideen schnell zu ändern. Er kann daher wankelmütig sein.
Veränderliche Zeichen sind Zwillinge, Jungfrau, Schütze und Fische. Personen mit mehreren Planeten in diesen Zeichen brauchen die Beziehungen zur Umwelt und passen sich schnell an deren Veränderungen an. Im Extremfall können ihre Beeinflußbarkeit und Abhängigkeit von anderen zum Problem werden. Hat jemand aber keine Planeten in diesen Zeichen, ist er meist schüchtern und bewegt sich unsicher in der Öffentlichkeit.

Das System der Zeichen

Der Äquator ist der imaginäre Kreis, der die Erde in Nord- und Südhalbkugel teilt. Der Längengrad stellt das Maß senkrecht zu diesem Kreis dar, der Breitengrad ist der Abstand eines Punktes nach Norden oder Süden zum Äquator. Den Nullpunkt der Längengrade stellt der Greenwich-Meridian dar. Die Entfernung eines Ortes zu diesem Meridian wird von 0 bis 180° östlich oder westlich gemessen. Die Breite mißt man von 0 bis 90° nördlich oder südlich des Äquators. Der Himmelsäquator ist die Projektion des Erdäquators auf den Himmel. Auch er hat seine Pole, wir bezeichnen sie als „Himmelspole". Der Himmelsäquator wird „Tag- und Nachtgleiche" genannt, sein Nullpunkt ist „null Grad Widder", der Frühlingspunkt. Er entspricht dem Greenwich-Punkt auf der Erde. Dort kreuzt sich der Himmelsäquator mit der Umlaufbahn der Sonne, der „Ekliptik". Sie wird so genannt, weil sich auf ihr die Sonnenfinsternisse (Eklipsen) bilden. Sie entstehen, wenn der Mond die Sonne verdeckt. Im Horoskop müssen die ekliptischen Koordinaten berücksichtigt werden, also die himmlischen Längen- und Breitengrade. Die Längengrade sind die Linien entlang der Sonnenbahn. Die Längen werden in Grad und Minuten vom Osten aus in Richtung des Frühlingspunktes gemessen. Die Breite wird als der Abstand zwischen Ekliptik und einem Himmelskörper nach Norden oder Süden aufgefaßt und Sie wird in Grad und Minuten gemessen. Diese Daten registriert man täglich in den Ephemeriden-Tabellen. Um die Sonnenbahn befindet sich ein Gürtel, der Tierkreis oder Zodiak genannt wird. Teilt man den Tierkreis in zwölf gleich große Teile à 30°, so erhält man die 12 Tierkreiszeichen, von denen jedes den Namen seiner Konstellation, also des Sternbildes trägt. Wegen der Verschiebung der Tag- und Nachtgleiche fallen aber Konstellation und Zeichen nicht genau zusammen, denn die Sonne kreuzt den Äquator jeden Frühling 20 Minuten früher. Der tropische Tierkreis wird deshalb mit einem tropischen Jahr von 365 Tagen, 5 Stunden, 48 Minuten und 46 Sekunden gemessen, der siderale Tierkreis mit der Dauer des realen Jahres. Dies ist die Zeit, die Erde braucht, um sich einmal komplett um die Sonne zu drehen. Es muß dabei aber unbedingt auch die Verschiebung der Tag- und Nachtgleiche berücksichtigt werden. Zeitlich ausgedrückt sind das 365 Tage, 6 Stunden, 9 Minuten und 9 Sekunden.

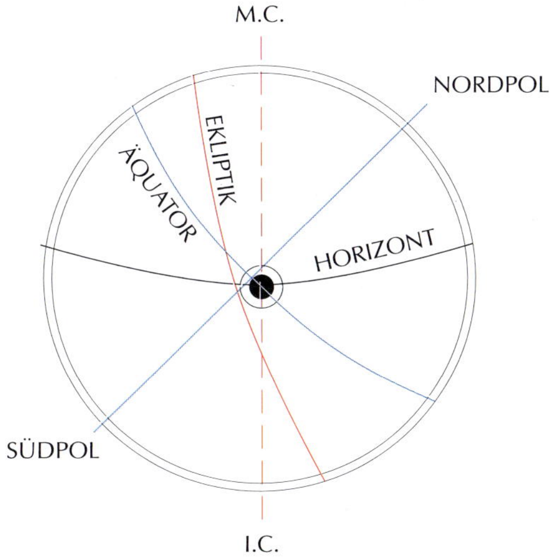

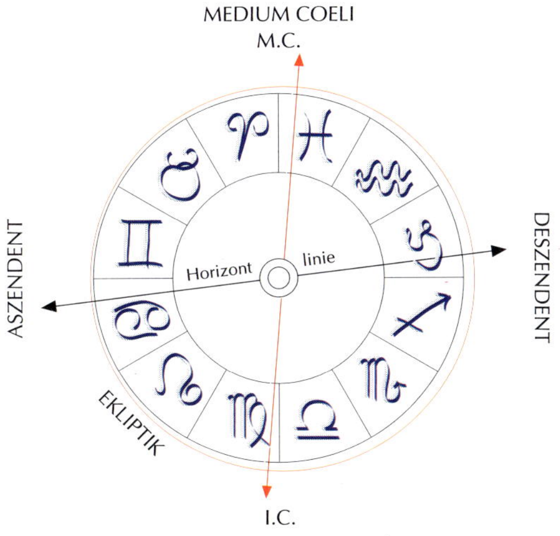

Früher dachten die Astrologen, daß das Firmament ein Hohlraum sei, dessen Mittelpunkt mit der Erde zusammenfällt. Dieses irreale Konzept wird in der Astrologie beibehalten. Oben links: Darstellung der Himmelssphäre mit Äquator, Ekliptik, Horizont, Medium Coeli und Immum Coeli. Oben rechts: alle Elemente des Horoskopes.

WIDDER

21. März bis
20. April

Der Widder stellt das erste Zeichen im Tierkreis dar. Es ist ein Feuerzeichen und kardinal. Der Planet, der den Widder bestimmt, ist der Mars. In der Anatomie wird ihm der Kopf zugeordnet.

Das Symbol des Widders hat seinen Ursprung in der Legende von den Geschwistern Phrixos und Helle. Ihr Vater Athamas wollte sie dem Gott Zeus opfern. Im letzten Moment jedoch wurden sie von einem geflügelten Widder gerettet, den die Götter geschickt hatten. Helle fiel ins Meer, aber Phrixos gelangte unversehrt ins Königreich Ethes. Da weihte er den Widder dem Zeus, der ihn als Sternbild an den Himmel setzte. Das Fell des Widders, das goldene Vlies, wurde in einen Wald geschafft, der dem Ares gehörte. Jason und seine Argonauten zogen aus, um es zu suchen. Der Widder steht für Behauptung und Bejahung, für Energie, Mut und auch Dynamik.

Wer unter diesem Zeichen geboren ist, gilt als intuitiv, großzügig und begeisterungsfähig. Er ist dynamisch, waghalsig und liebt das Abenteuer. Er kann aber auch triebhaft, exzessiv und inkonsequent sein und Mühe haben, fortzuführen, was er begonnen hat. Weitere Charakterzüge des Widders sind Spontaneität und Individualismus. Er gilt als sehr ehrlich und direkt im Umgang mit anderen. Seine mangelnde Bescheidenheit, seine Aggressivität, seine Egozentrik und sein Glaube, das einzig Wichtige sei die Verwirklichung seiner Ziele, stellen seine negativen Züge dar. Diese Eigenschaften sind dafür verantwortlich, daß er seine Energien unkontrolliert einsetzt oder verschwendet. Die Berufe, die den Eigenschaften und Fähigkeiten des Widders am ehesten entsprechen, sind Psychologe, Ingenieur, Gewerkschaftsführer, Mechaniker, Sportler etc.

Berühmte Personen dieses Sternzeichens sind der Schauspieler Marlon Brando, der Maler Vincent van Gogh und der Regisseur und Schauspieler Charlie Chaplin.

STIER

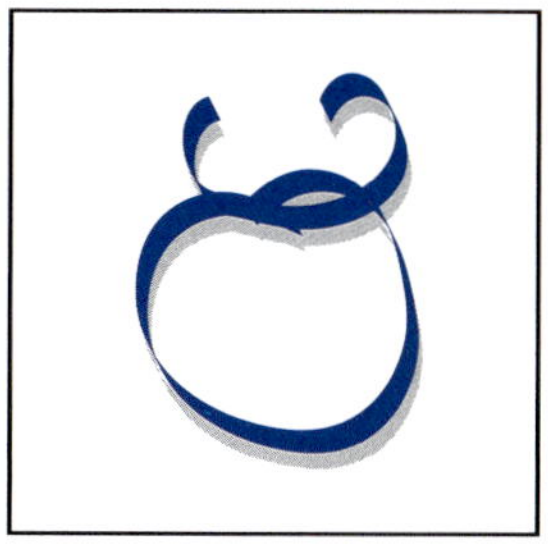

21. April bis
20. Mai

Der Stier ist das zweite Zeichen im Tierkreis. Es ist ein Erdzeichen und fix. Der beherrschende Planet ist die Venus. In der Anatomie entspricht ihm der Hals.

In der Legende verwandelte sich Zeus in einen schönen weißen Stier, um Europa, die Tochter des Königs Argenor, auf die Insel Kreta zu entführen. Europa galt als das schönste Mädchen der Erde und Zeus hatte sich unsterblich in sie verliebt. Nach ihrer Entführung verwandelte er sich wieder zurück und setzte den Stier als Sternbild an den Himmel. Der Stier symbolisiert Besitz und Beständigkeit.

Wer unter diesem Zeichen geboren ist, ist stark und ausdauernd, praktisch begabt, geduldig und sehr sensibel. Er liebt die angenehmen Dinge des Lebens wie gutes Essen, Musik, Kunst und nicht zuletzt die Liebe. Sein größtes Problem ist, daß er sein Herz schnell an Dinge hängt, besitzergreifend und starrköpfig sein kann und festgefahrene Verhaltensweisen und Meinungen besitzt. Negative Eigenschaften dieses Sternzeichens sind mangelnde Flexibilität, starre Gewohnheiten und Maßlosigkeit.

Sein starkes Sicherheitsbedürfnis führt oft dazu, daß er sich mit seinem Besitz und seinen Errungenschaften identifiziert. Er gibt sich nach außen solide, stark und ehrenhaft. Besonders stolz ist er auf seine Fähigkeit, Probleme zu lösen. Menschen mit Sternzeichen Stier sind oft recht geschickt im Verhandeln und wissen, wie sie an Geld kommen und es vermehren können. Das heißt aber nicht, daß sie nicht auch großzügig sind. Sie bewirten gerne ihre Freunde, lieben die Geselligkeit und den Luxus.

Berühmte Persönlichkeiten mit diesem Sternzeichen sind der Maler Salvador Dalí, die Schauspielerin Shirley McLaine, der Schauspieler und Regisseur Orson Welles, und der Psychoanalytiker Sigmund Freud.

ZWILLINGE

21. Mai bis
20. Juni

Das Sternzeichen Zwillinge ist ein Luftzeichen. Es ist veränderlich und wird vom Planeten Merkur beherrscht. In der Anatomie entsprechen ihm die Lungen.

Das Symbol der Zwillinge hat seinen Ursprung in der griechischen Mythologie. Für die Brüder Castor und Pollux, von denen der eine sterblich, der andere unsterblich war, hat sich der Wunsch, vereint zu sein, nie erfüllt. Dies geschah als Anspielung auf Castor und Pollux, die beiden am hellsten leuchtenden Gestirne des Zeichens. Der Mythos unterstreicht die Dualität der unter diesem Zeichen geborenen Personen, die eine starke Tendenz zum Widerspruch haben. Das Sternzeichen steht für Kommunikation und Wendigkeit.

Der Zwillingsgeborene fühlt sich oft gespalten und hat fast immer Sehnsucht nach anderen Orten; seine Unruhe geht manchmal soweit, daß er unfähig ist, sich in eine konkrete Richtung zu bewegen. Daher versucht er sich ständig selbst zu erforschen, sowohl über die Beziehung zu anderen Menschen als auch über sein Inneres. Der Zwilling ist wendig, geistreich, neugierig, beredsam und unterhaltsam. Er besitzt eine große Lern- und Aufnahmefähigkeit. Diese Wesenszüge und der Glaube, er müsse seine Dualität in Harmonie bringen (so wie Ein- und Ausatmen miteinander harmonisieren), tragen dazu bei, daß sich viele Zwillingsgeborene dem Journalismus, dem Handel und der Politik zuwenden. Die negativen Charaktereigenschaften des Zwillings sind Inkonsequenz, Nervosität, Oberflächlichkeit und Gerissenheit. Außerdem ist er wechselhaft in seinen Meinungen. Er spricht auch gern über Themen, über die er eigentlich nicht genügend informiert ist.

Einige berühmte Zwillingsgeborene sind der Philosoph Jean-Paul Sartre, der Schriftsteller Arthur Conan Doyle, (Schöpfer des berühmten Detektivs Sherlock Holmes), der Sänger Bob Dylan und die Schauspielerin Marilyn Monroe.

KREBS

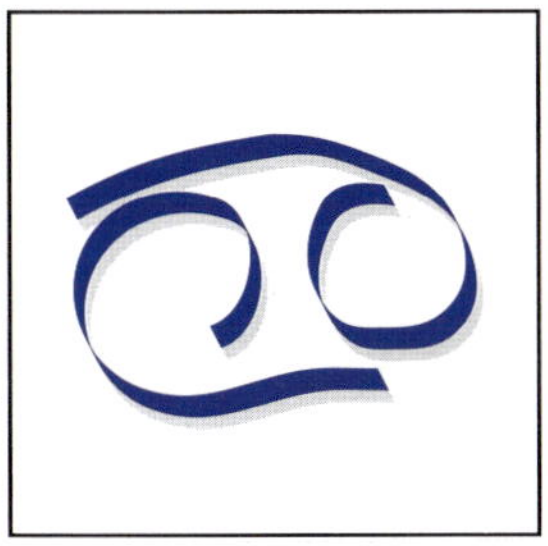

21. Juni bis
22. Juli

Das Sternzeichen Krebs ist ein Wasserzeichen. Es ist kardinal und wird vom Mond beherrscht. Anatomisch gesehen entspricht es dem Magen. Das Symbol des Krebses wurde von den babylonischen Sternforschern gewählt und sollte die sich ausbreitende Gefühlswelt repräsentieren. Die Ägypter sahen das Sternbild als zwei Schildkröten, die „Wassersterne“ genannt wurden, oder auch als Wasserkreatur mit dem Namen „Allul“. Der Krebs steht für das Heim, die Familie, die Wurzeln und das „innere Haus“.

Der Krebsgeborene ist sensibel und gefühlvoll, freundlich und mitfühlend, beschützend und häuslich. Er hat einen stark ausgeprägten Vater- oder Mutterinstinkt. Sein Übermaß an Emotionalität führt in manchen Situationen dazu, daß er zwar leicht zu verärgern und launisch, jedoch nicht kapriziös ist. Seine Verletzlichkeit kennt er wohl, und er hat sich daher wie das gleichnamige Tier einen „Schutzpanzer“ zugelegt, der ihm Sicherheit verschafft. Diesen Schutz sucht er auch in einer engen Bindung zu seiner Mutter. Der Krebsgeborene strebt danach, zu seinen Mitmenschen zärtlich zu sein und sie zu beschützen, zeigt sich aber im gleichen Maß zerbrechlich und verletzbar. Der Krebs ist besonders zäh und hartnäckig, besitzt eine fruchtbare Phantasie, die stark mit dem Unbewußten verbunden ist, und kann in gleichem Maße hart und sensibel, liebenswürdig und unverschämt, häuslich und unordentlich sein. Das wichtigste ist für ihn sein Hin und Her der Gefühle. Weitere Qualitäten des Krebsgeborenen sind die Intuition und das gute Gedächtnis, weshalb Krebse auch gute Lehrer, Händler und Historiker sind.

Unter den berühmten Persönlichkeiten, die in diesem Zeichen geboren sind, finden sich die Malerin Frida Kahlo, der Schriftsteller Franz Kafka, Prinzessin Diana von Wales und der amerikanische Filmschauspieler Harrison Ford.

LÖWE

23. Juli bis
22. August

Der Löwe ist ein Feuerzeichen. Es ist fix und wird von der Sonne beherrscht. Anatomisch entspricht ihm das Herz.
In der Mythologie soll es einen Löwen in der Gegend von Nemea gegeben haben, dessen Fell hart wie Stahl und dessen Krallen scharf wie Diamant waren. Herkules gelang es, das Monstrum zu töten. Er verlor dabei aber einen Finger. Die Götter versetzten das Tier an den Himmel, weil sie vor seiner Wildheit Respekt hatten. Der Löwe ist das Zeichen für Vitalität, Enthusiasmus und Optimismus, für Kreativität und Macht.
Ein Mensch, der unter dem Sternzeichen Löwe geboren wurde, ist großzügig und läßt sich stark von seinem Herzen leiten. Sein größtes Problem ist seine Egozentrik, seine Intoleranz und sein Stolz. Dies zeigt sich dann, wenn er seine Energien negativ einsetzt. Er verfügt über eine starke Anziehungskraft und vermittelt Sicherheit und Selbstvertrauen. Er ist jedoch überraschenderweise auch sehr leicht verwundbar.
Der Löwe hat ein großes kreatives Potential, das er immer wieder mit seiner inneren Lebensquelle verbinden muß, um nicht in Depressionen zu verfallen.
Er begeistert sich für alles, was er macht. Entscheidungen und Selbstvertrauen sind sehr wichtig für Personen mit diesem Sternzeichen. Sie müssen ihr Gefühlsleben ständig mit ihrer Schaffenskraf verbinden. Für den Löwen ist nichts zu schwierig oder unmöglich, denn er fühlt sich als König, als großer Führer, der besser als jeder andere das Leben seiner Mitmenschen organisieren kann. Daher läßt er oft nur seine Meinung gelten und zeigt sich dogmatisch und herrisch.
Berühmte unter diesem Sternzeichen Geborene, sind der kubanische Präsident Fidel Castro und der amerikanische Präsident Bill Clinton, die Sängerin Madonna, der Regisseur Alfred Hitchcock und die Schriftstellerin Isabel Allende.

JUNGFRAU

23. August bis
22. September

Die Jungfrau ist ein Erdzeichen und veränderlich. Der Planet, der dieses Zeichen beherrscht, ist der Merkur. In der Anatomie entsprechen ihm die Eingeweide.

Der Mythos der Jungfrau wird von Hesiod so übertragen: Nach dem Ende des Goldenen Zeitalters soll Dike, Tochter des Zeus und Göttin der Gerechtigkeit, so entsetzt von dem Verfall der Sitten auf der Erde gewesen sein, daß sie entrüstet ans Firmament zurückkehrte. Jungfrau ist das Zeichen des Dienens, der Gesundheit, der Verbindung von Körper und Geist und auch der Ernte und Fruchtbarkeit.

Ähnlich wie die Eingeweide, so filtern auch die Menschen, die unter diesem Zeichen geboren sind, ihre Umwelt mit kritischem Sinn. Sie bleiben sich daher selbst treu, entwickeln eine gute Beobachtungsgabe und große Weisheit sowie Umsicht bei der Einteilung ihrer Umwelt in Nützliches und Unnützes. Sie sind für gewöhnlich bescheiden und ordentlich. Wenn sie ihre Energien aber negativ einsetzen, kann ihre Kritikfähigkeit dazu führen, daß sie nörglerisch, leicht reizbar, kleinlich, übertrieben perfektionistisch und unzufrieden werden. In diesem Fall müssen sie lernen, Verständnis und Toleranz zu zeigen. Auf der anderen Seite sind Jungfrauen detailverliebt, praktisch veranlagt und sorgen für ihre Mitmenschen. Sie tun viel für die Leute, die sie gern haben. Man sagt auch, daß sie Schmutz und Unordnung nur schwer ertragen und fürchtet sie aus diesem Grund als Putzteufel. Für Heil- und Pflegeberufe eignen sich die Jungfraugeborenen gut, aber auch als Wissenschaftler, Gärtner, Mechaniker, Buchhalter, Verwaltungsangestellte etc.

Berühmte Persönlichkeiten, die unter diesem Zeichen geboren sind, sind die Sänger Michael Jackson und Elvis Presley, die Schriftstellerin Agatha Christie, die Schauspielerin Greta Garbo und der Schriftsteller Julio Cortázar.

WAAGE

23. September bis
22. Oktober

Die Waage ist ein Luftzeichen und kardinal. Der beherrschende Planet ist die Venus. In der Anatomie entsprechen diesem Zeichen die Nieren.
Die Babylonier glaubten an das Jüngste Gericht, bei dem die Seelen „gewogen" werden. Im alten Ägypten wurde die Ernte gewogen, wenn der Vollmond in der Waage stand. Dieses Sternzeichen steht für Harmonie, Anteilnahme und Vermittlung. Der Mensch, der unter diesem Zeichen geboren ist, versucht, Gleichgewicht und Harmonie zu schaffen und möchte in jedem Moment die gerechteste und beste Entscheidung treffen – sowohl für sich selbst als auch für seine Mitmenschen. Er ist eine angenehme, romantische, feine und diplomatische Persönlichkeit. Sein größtes Problem ist manchmal die Unentschiedenheit, denn es fällt ihm oft schwer, Partei zu ergreifen oder eine Entscheidung zu fällen. Seine beständige Sorge um Gleichklang, verbunden mit seiner Neigung nachzugeben, um Spannungen und Streit zu vermeiden, lassen seine Persönlichkeit oft verschwommen erscheinen. Waage-Menschen, die ihre Energie positiv einsetzen, können Harmonie und Versöhnung bringen, ohne sich dabei selbst zu verlieren(die Venus symbolisiert die Versöhnung zwischen Himmel und Erde.) Wird die Energie jedoch negativ eingesetzt, kann die Waage auch zweiflerisch, leichtfertig, leicht beeinflußbar und wetterwendisch sein. Der Waage-Geborene liebt Schönheit, Wissen, Liebe und Beziehungen. Er haßt Konfliktsituationen, kann sie aber durch Diplomatie meistern. Er ist ein hervorragender Richter, und es gibt in der Tat sehr viele Juristen mit diesem Sternzeichen. Weitere Domänen sind PR, Design und Kunst.
Berühmte Persönlichkeiten mit dem Sonnenzeichen Waage sind der berühmte Inder Mahatma Gandhi, der Schriftsteller Oscar Wilde, die Schauspielerin Brigitte Bardot und der spanische Politiker Adolfo Suárez.

SKORPION

23. Oktober bis
22. November

Skorpion ist ein Wasserzeichen und fix. Es wird vom Planeten Pluto beherrscht und entspricht in der Anatomie dem Geschlecht.

In der griechischen Mythologie wird erzählt, daß der Gigant Orion sich der Artemis oder ihrer Zofe, der Opis, bemächtigt wollte. Deshalb ließen die Götter ihn von einem Skorpion töten, den sie nach vollendeter Aufgabe als Sternbild ans Firmament setzten. Das Zeichen Skorpion ist eines der komplexesten und charismatischsten des Tierkreises.

Der Mensch, der unter dem Zeichen Skorpion geboren wurde, hat eine starke persönliche Anziehungskraft. Sein Antrieb ist der Wille. Der Skorpion-Geborene ist sehr verletzlich und versucht deshalb, sich durch ein starkes und furchteinflößendes Äußeres zu schützen. Daher kommt auch der schlechte Ruf dieses Zeichens. Wenn jemand sagt, er sei Skorpion, wird er zumeist mit einer Mischung aus Neugier und Furcht betrachtet, denn dieses Zeichen steht in engem Verhältnis mit dem Tabu, dem Verbotenen und dem Mysteriösen wie Geschlecht, Tod, Macht, Zauberei und Magie. All diese Bereiche üben eine große Anziehungskraft auf Skorpion-Menschen aus. Setzen sie ihre Energien negativ ein, sind sie hart, eifersüchtig, besitzergreifend, manipulieren ihre Mitmenschen und saugen deren Energien aus wie ein Vampir. Setzen sie ihre Eigenschaften jedoch positiv ein, lieben sie um der Liebe willen, nicht um zu besitzen, und gehen mutig ihren Weg der Verwandlung und Vervollkommnung. Ihre Fähigkeiten können sie vor allem in der Psychologie, Pathologie, Chirurgie, Magie und Spionage besonders gut einsetzen.

Berühmte Persönlichkeiten mit dem Sonnenzeichen Skorpion sind Prince Charles von England, der Maler Pablo Picasso, die Schauspielerin Catherine Hepburn, der Schriftsteller Fedor Dostojewski und die Prinzessin Grace Kelly.

SCHÜTZE

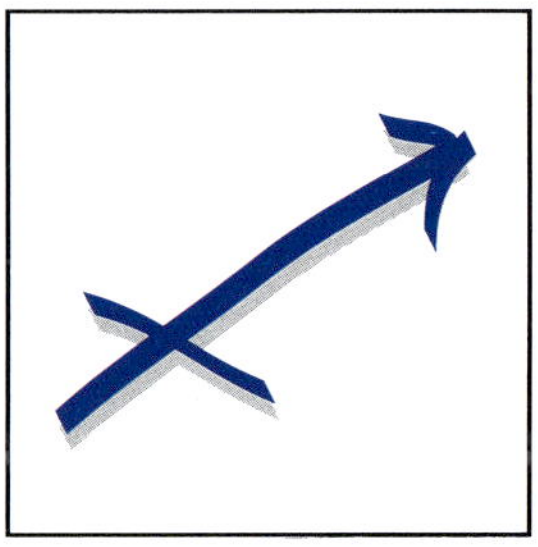

23. November bis
21. Dezember

Schütze ist ein Feuerzeichen und beweglich. Es wird vom Planeten Jupiter beherrscht und findet seine anatomische Entsprechung in den Hüften. Das Symbol des Schützen ist der Zentaur mit Pfeil und Bogen. Es gründet sich auf den Mythos des Zentauren Chiron, der wegen seiner Weisheit mit der Erziehung des Achilles, Jason und anderer mythischer Helden beauftragt war. Das Zeichen symbolisiert die Einheit von Mensch und Gott, aber auch die konzentrierte Kraft, die für ein bestimmtes Ziel eingesetzt wird, Forschergeist, Aufrichtigkeit und Freiheit.

Wer unter diesem Zeichen geboren ist, gilt für gewöhnlich als lebensbejahend, anteilnehmend, beschützend und dominant, wie der Göttervater Zeus-Jupiter im Olymp. Er ist heiter, spielt gerne den Clown und braucht immer Leute um sich herum. Das Bild des Zentauren – halb Mensch, halb Gott – stellt eines seiner größten Konflikte dar, den Kampf zwischen Instinkt und Geist. Er muß ständig versuchen, diese beiden Elemente in Einklang zu bringen. Das treibt ihn immer wieder an ferne und exotische Orte, bringt ihn aber auch dazu, sich in die Welt der Philosophie zu vertiefen und den Sinn des Lebens zu suchen. Er ist reiselustig, gelehrt und liebt die Ethik. Wenn er seine Energien negativ einsetzt, neigt er zu Übertreibung, Extremismus und Unverschämtheit. Er fühlt sich dann ständig im Recht, glaubt alles zu wissen. Wenn er hingegen seine Fähigkeiten positiv einsetzt, ist er ausgeglichen und wohlwollend. Er reicht jenen die Hand, die Hilfe benötigen und ist ein großer Demokrat. Viele Schütze-Geborenen haben intellektuelle Berufe und sind im Lehrbetrieb tätig.

Unter den berühmten Persönlichkeiten mit dem Sonnenzeichen Schütze befinden sich Ludwig van Beethoven, der Politiker Winston Churchill, die Sopranistin Maria Callas, der Filmemacher Walt Disney und die Popsängerin Tina Turner.

STEINBOCK

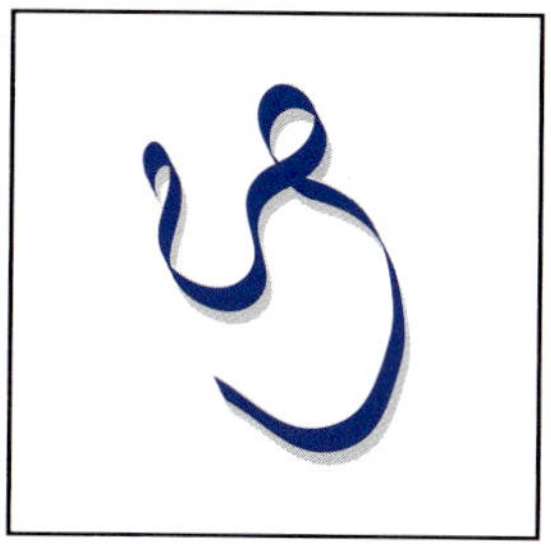

22. Dezember bis 20. Januar

Steinbock ist ein Erdzeichen und kardinal. Es wird vom Planeten Saturn beherrscht. In der Anatomie entsprechen ihm die Knie.

Das Symbol des Steinbocks bezieht sich mythologisch auf den Satyr Pan, der wegen seiner Häßlichkeit von seiner Mutter verstoßen wurde, oder auf einen Gott der babylonischen Antike, der als „Antilope des unterirdischen Ozeans“ bekannt war. Das Zeichen Steinbock repräsentiert Klugheit und Ehrgeiz. Dies macht ihn zum Gegenspieler des Schützen.

Menschen mit diesem Sonnenzeichen sind ernst, ehrgeizig, sehr taktvoll und meist Einzelgänger. Ihr Ehrgeiz, ihr Sinn für Disziplin und ihre Widerstandsfähigkeit helfen ihnen, ihre Ziele zu erreichen. Steinbock-Menschen sind verantwortungsbewußt, hartnäckig, oft starrköpfig und besessen von der Erfüllung ihrer Pflicht. Der Weg des Steinbocks gleicht dem langsamen und einsamen Aufstieg des namensgleichen Tieres auf den Berggipfeln. Setzt er seine Energien negativ ein, ist er kalt, berechnend, kleinlich, über die Maßen anspruchsvoll und eingebildet. Er fühlt sich als Herr über die Wahrheit, und seinen Mitmenschen überlegen. Setzt er seine Eigenschaften aber positiv ein, ist er sehr verantwortungsvoll, dabei bescheiden. Er identifiziert sich nicht mehr so stark mit seinen Aufgaben und Zielen.

Der Steinbock-Geborene schätzt den Ruhm und die Bekanntheit. Er setzt sich keine Grenzen und schließt alles aus, was nicht direkt mit seinen Lebenszielen zu tun hat. Durch seine charakteristischen Eigenschaften ist er zum Mathematiker, zum Verwalter in jeder Hinsicht, zum Lehrer, Architekten, Schauspieler und Radiosprecher gut geeignet. Berühmte unter dem Zeichen Steinbock geborene Persönlichkeiten sind König Juan Carlos von Spanien, die Schauspielerin Marlene Dietrich, die Schauspieler Sean Connery und Kevin Costner und der Astronom Isaac Newton.

WASSERMANN

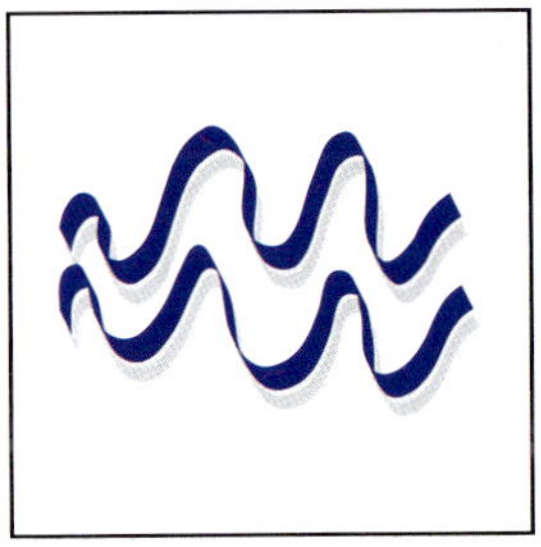

21. Januar bis 18. Februar

Wassermann ist ein Luftzeichen. Dieses Sternzeichen ist fix und wird vom Planeten Uranus beherrscht. In der Anatomie entsprechen ihm die Waden.

Das Symbol des Wassermanns entstammt dem Mythos des ägyptischen Gottes Hapi, der den Nil verkörperte; es kann auch der babylonischen Gottheit des Wasserträgers entsprechen. GuLa, der babylonische Name des Wassermanns, wurde anfangs mit der Göttin der Geburt und der Heilung in Verbindung gebracht. Das Zeichen symbolisiert Humanismus und Unabhängigkeit.

Wer unter ihm geboren ist, gilt als Idealist und hat die Neigung oder Fähigkeit, sich eine eigene intellektuelle Welt zu schaffen. Die Tendenz der Wassermann-Geborenen zu utopischen Zielen führt oft dazu, daß sie sich in gewisser Hinsicht als etwas Besonderes empfinden, als seien sie sozusagen „auserwählt". Daher sind sie sehr stolz auf ihre Ideale und auf ihre Sicht der Dinge. In menschlichen Beziehungen ist der Wassermann sehr sensibel und legt übergroßen Wert auf Freundschaft, obwohl er nicht gerade besonders kommunikativ ist und nach außen eher distanziert wirkt. Enttäuschungen in dieser Hinsicht sind für ihn besonders schmerzlich.

Der Wassermann, der seine Energien negativ einsetzt, ist unberechenbar, exzentrisch, mit seiner Umwelt unzufrieden, unfähig, irgend etwas zu tun, verdorben, taktlos und widersprüchlich. Setzt er hingegen seine Eigenschaften zum Positiven ein, baut er sich im Kopf seine ideale Welt. Als Wissenschaftler, Schriftsteller, Astrologe, Industriearbeiter etc. kann sich der Wassermann-Geborene am besten verwirklichen.

Unter den berühmten Persönlichkeiten, die unter diesem Zeichen geboren wurden, sind der Schauspieler James Dean, Prinzessin Stefanie von Monaco, der Schriftsteller Lewis Carroll und der Schauspieler Paul Newman.

FISCHE

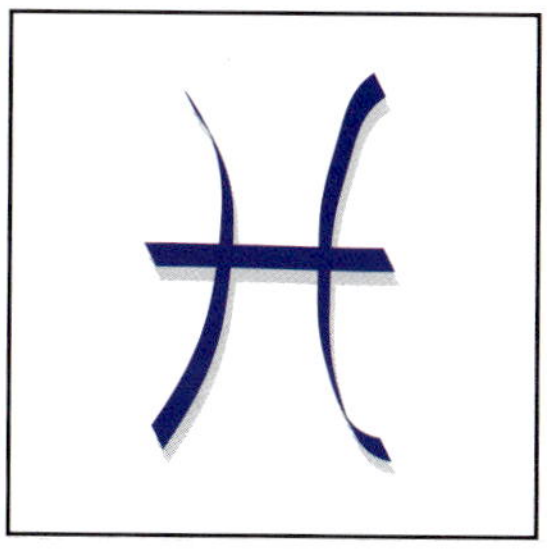

19. Februar bis 20. März

Fische, das letzte Zeichen im Tierkreis, ist ein Wasserzeichen und veränderlich. Es entspricht in der Anatomie den Füßen.

Sein Planet ist der Neptun, dessen Symbol zwei Fische zeigt, die in entgegengesetzte Richtung schwimmen. Unter diesem Zeichen geborene Personen sind extrem sensibel und nehmen alles durch den Filter ihrer Gefühle wahr. Sie sind äußeren Einflüssen sehr stark ausgesetzt. Sie sind romantisch und sehr zärtlich und erwecken so bei ihren Mitmenschen Zuneigung und Mitgefühl. Ihr Problem ist ihr Mitleid und ihre starke Anteilnahme. Dies macht sie zur leichten Beute für Leute, die sie manipulieren möchten und sich als Opfer darstellen. Ein anderes Problem bei Menschen mit diesem Zeichen ist die Tendenz zur Flucht und die Suchtgefahr. Sie müssen darauf achten, daß sie sich nicht selbst zerstören oder von ihren Mitmenschen als Fußabtreter benutzt werden. Fische-Geborene, die ihre Energien negativ einsetzen, sind schwach und selbstzerstörerisch. Setzen sie ihre Eigenschaften hingegen positiv ein, leben sie in Beziehungen, die zwar von Sympathie und Mitgefühl geprägt sind, in denen sie aber die Grenzen setzen. So bleibt die Verbindung für beide Seiten unbelastet. Die Fische-Menschen nehmen ihre Umwelt in sich auf wie die auseinander – schwimmenden Fische ihres Zeichens. Sie weisen einen großen inneren Reichtum und eine kreative Phantasie auf. Viele von ihnen haben jedoch ihren wunden Punkt „in den Füßen". Es ist deshalb für sie sehr wichtig , in der Erde „verankert" zu sein, d. h. einen praktischen Realitätssinn zu entwickeln, damit sie nicht von ihren Phantasien fortgetragen werden. Berühmte Persönlichkeiten mit Sonnenzeichen Fische sind der geniale Wissenschaftler Albert Einstein, der russische Politiker Michail Gorbatschow, die Schauspielerin Liz Taylor und der Schriftsteller Gabriel García Márquez.

Die Planeten

Im Sonnensystem lassen sich – neben der Erde – acht Planeten beobachten: Merkur, Venus, Mars, Jupiter, Saturn, Uranus, Neptun und Pluto. Die Astrologie berücksichtigt außerdem die „ewigen Lichter“ Sonne und Mond.
Sie studiert diese zehn Himmelskörper, die sich in ihrem astrologischen Einfluß wie Energien verhalten. Im Horoskop sind sie die Elemente, die sich innerhalb der Tierkreiszeichen bewegen. Ihre Energie verändert sich mit der Position, die sie einnehmen.
Sowohl Sonne als auch Mond, Merkur, Venus und Mars gelten als ewige Lichter und sind persönliche Planeten. Jupiter, Saturn, Uranus, Neptun und Pluto hingegen markieren den Übergang zum Transpersonalen. Sie sind langsamere Planeten und haben einen Einfluß, der sich eher auf Generationen bezieht. Mars und Jupiter trennt der Asteroidengürtel. Er bezeichnet in gewisser Weise die Grenze zwischen äußerem und innerem Raum. Diese Himmelskörper werden dem Unbewußten zugeordnet und könnten als psychologische Planeten bezeichnet werden.

Auf der Gravur, die zur astronomischen Abhandlung "Der Raum" gehört, ist der Einfluß der Venus, dem Planeten der Liebe, auf die Liebenden dargestellt.

DIE PERSÖNLICHEN PLANETEN

Sonne

Die Sonne ist das Zentrum unseres Sonnensystems. Nach unserer Wahrnehmung benötigt sie 365 Tage, um die Erde einmal komplett zu umlaufen. Eigentlich dreht sich die Erde aber um die Sonne. Astrologisch und psychologisch betrachtet, stellt die Sonne unseren inneren Antrieb dar. Sie symbolisiert, wie wir uns selbst verwirklichen und wie wir unser Wesen ausdrücken. Sie bedeutet das Ziel, das es in unserem Leben zu erreichen gilt, dargestellt durch einen Kreis: ein Schema der Gesamtheit, das – wie die Unendlichkeit – weder Anfang noch Ende hat. Die Sonne

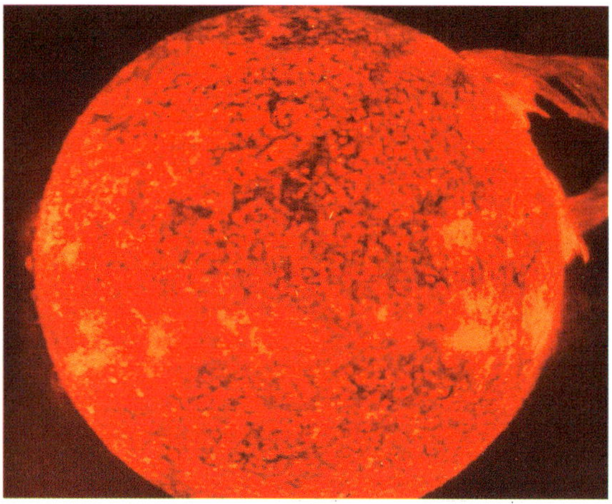

Die Sonne ist das bewußte "Ich".

Der Mond steht für das Unbewußte und das Gefühl .

stellt im Horoskop den Ort dar, an dem wir uns vom Hintergrund abheben. Dieser wichtige Ort bezieht sich auf das, was wir lernen und ausprobieren, um unser Selbst zu entdecken und uns als einzigartige Individuen zu begreifen und zu verhalten. Die Sonne führt uns mit ihrem Licht und verscheucht die Dunkelheit. Sie ist Symbol des bewußten und rationalen Handelns und das Bild, das wir der Außenwelt bieten. In der Mythologie ist sie mit dem Gott Apollo assoziiert. Dieser steht für die Erhöhung des Geistes und dessen Ausdruck in der Kunst, der Ordnung und dem Erhabenen. Als negative Eigenschaften ordnet man ihm Konkurrenzdenken und Arroganz zu.

☽ Mond

Der Mond ist der Himmelskörper, der der Erde am nächsten liegt. Mond und Erde trennen nur 380.000 Kilometer. Der Mond hat Phasen und dreht sich um unsere Planeten. Er leuchtet, weil er das Sonnenlicht reflektiert. Der Zeitraum zwischen zwei Neumondphasen – wenn der Mond in Konjunktion mit der Sonne steht – beträgt 29 Tage. Solange braucht er auch ungefähr, um einmal das ganze Horoskop zu durchlaufen. Er legt eine Reihe verschiedener Phasen zurück. Der Mondzyklus ist eng verbunden mit dem weiblichen Zyklus, weshalb der Mond auch stets mit der Mutter in Verbindung gebracht wurde. Die aufeinanderfolgenden Mondphasen sind Neumond, zunehmender Mond, Vollmond und schließlich abnehmender Mond. Danach beginnt der Zyklus von neuem. Der Mond steht in Zusammenhang mit Schwankungen, wechselnden Gefühlen und dem Kreislauf von innerem Sterben und Wiedergeburt. Das Reich des Mondes ist die Nacht, er bevölkert unsere Träume mit Bildern. Er spricht zu uns in einer Sprache des Instinkts und trifft damit die Seele in dem Teil, der jenseits des Rationalen und Augenscheinlichen liegt. Er ist mysteriös und fruchtbar, Herr unserer schöpferischsten Gefühle und tritt an die Stelle Logik, die eher bei Tageslicht herrscht. In der Mythologie wird der Mond mit Artemis, der Zwillingsschwester Apollons, gleichgesetzt. Die Jägerin Artemis ist eine unabhängige Göttin, die die wilde Seite der Natur verkörpert, aber auch die Treue zu sich selbst und den eigenen Gefühlen. Im Horoskop symbolisiert der Erdtrabant das Thermometer, das den emotionalen Grad der Person mißt und angibt, für welche Dinge sie empfänglich ist und wo sie eher schwankt. So wie die Sonne das männliche Prinzip, so verkörpert der Mond das weibliche. Steht die Sonne für das Äußerliche, so steht

der Mond für die Verinnerlichung. Die Sonne ist das Objektive, der Mond das Subjektive.
Im Horoskop ist der Mond mit den Instinkten, den Verhaltensweisen aus der Kindheit und der Mutter verbunden. Wenn eine Person sich fallen läßt, zeigt sie ihr Mondzeichen. So kann jemand, dessen Sonne im Widder und dessen Mond im Krebs steht, seine gefühlsbetonte und rezeptive Seite hervorkehren, wenn er sich gerade entspannt fühlt. So ist er fähig seine kämpferische, impulsive und rationale Widder-Seite in bestimmten Momenten völlig abzulegen.
Der Einfluß des Mondes symbolisiert die natürliche Tendenz, sich anzupassen und zeigt, in welchem Punkt wir sensibler auf die Einflüsse reagieren und weicher werden. Auch die Regeln der Familie und der Kultur spiegeln sich hier wider. Der Mond vermittelt uns ein Gefühl der Beständigkeit und Sicherheit. Deshalb symbolisiert er auch die Mutter.

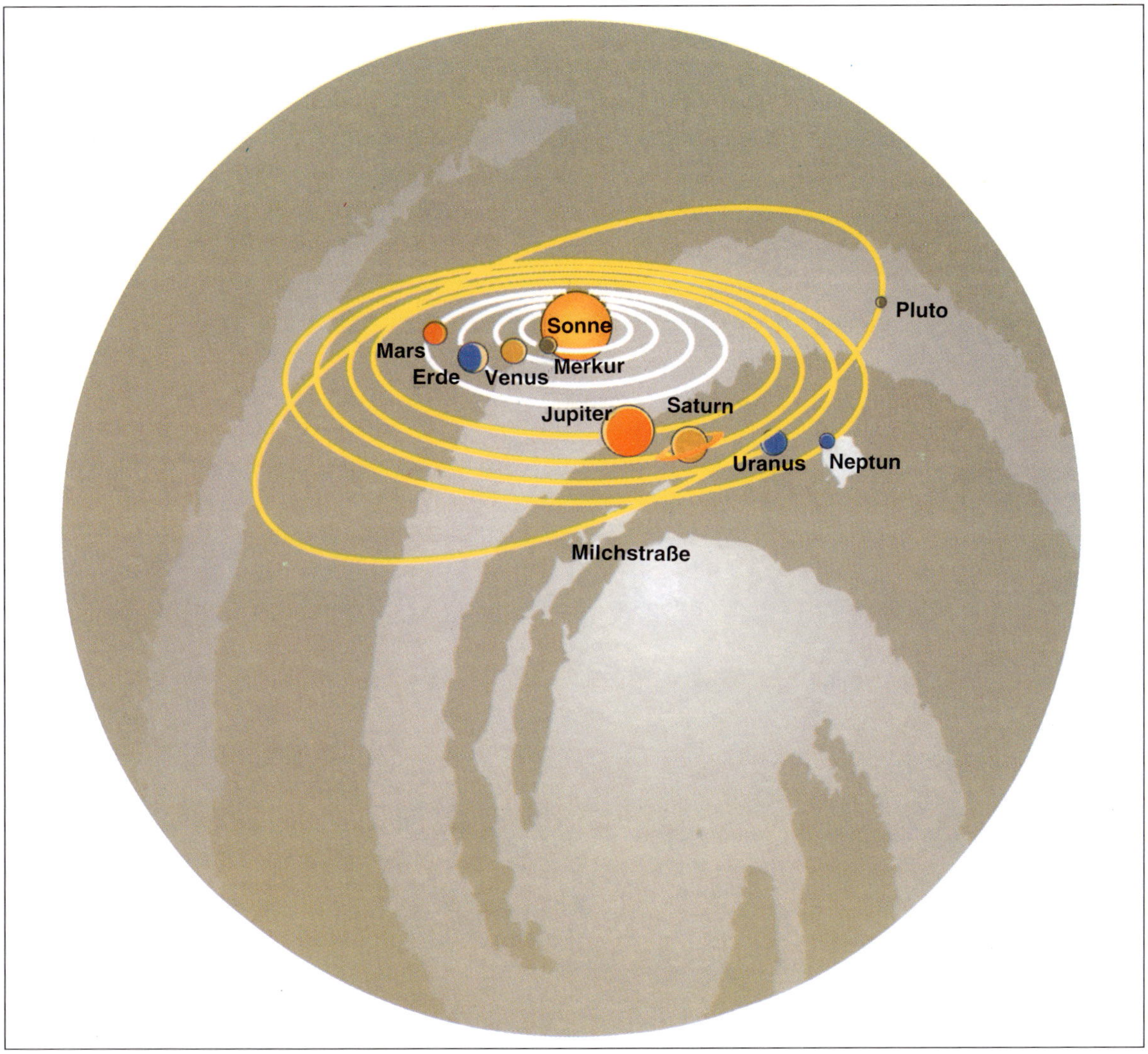

Kreisbewegung der Planeten um die Sonne.

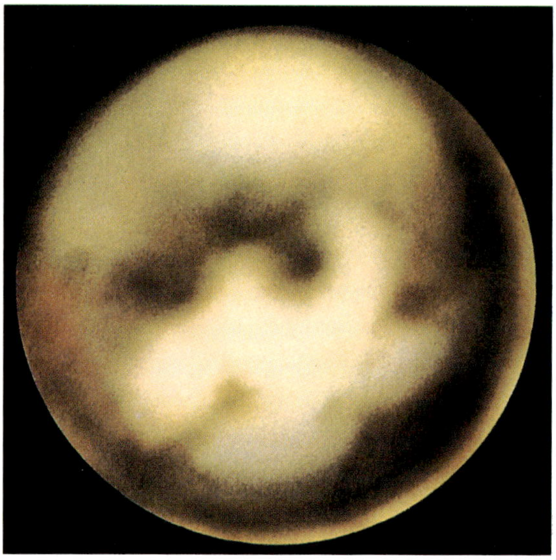

Merkur wird mit Kommunikation assoziiert.

Merkur

Merkur ist der Planet, dessen Umlaufbahn der Sonne am nächsten ist, und der sich am schnellsten bewegt. Er ist 57 Millionen Kilometer von ihr entfernt und umkreist sie in 88 Tagen. Alle 44 Tage steht er mit ihr in Konjunktion. In der Astrologie verkörpert Merkur die Art und Weise, wie wir Informationen aufnehmen und einordnen. Er steht in Kontakt mit dem Wesentlichen, mit der Sonne. Er spiegelt die Neugier, durch die wir Wissen erhalten, den Selbstausdruck, die mentalen Prozesse und die Themen, denen wir Beachtung schenken und auf die wir uns konzentrieren. Um etwas über den Geist einer Person zu erfahren, müssen wir die Stellung des Merkurs in ihrem Horoskop betrachten. Befindet er sich im Zeichen Jungfrau, so wird ihr Intellekt eher analytisch sein, während Merkur in den Fischen auf einen intuitiven und seherischen Geist deuten kann. Der Name Merkur stammt aus der römischen Legende und hat seine Entsprechung in Hermes, dem Götterboten der griechischen Mythologie. Merkur war Schutzherr der Wege und der Reisenden. Man erkannte ihn an seinem geflügelten Helm und seinem Stab. Man glaubte, daß er mit seinem magischen Stab Einfluß hatte auf Zugewinn und Verlust – deshalb erhalten wir jedesmal, wenn wir etwas auf der Straße finden, ein Geschenk Merkurs. Er ist beweglich, unruhig und der ausgelassenste unter den Göttern des Olymp.

Er gilt als Schutzherr des Handels und der Geschäfte und steht auch in enger Beziehung mit dem Wort und mit Berufen wie dem Journalismus. Der Ort, an dem der Merkur im Horoskop steht, ist der Punkt, an dem die größte Unruhe, Nervosität, Neugier und Beweglichkeit herrscht und die Person am meisten ihren Intellekt und ihre Kommunikationsfähigkeit einsetzt.

Venus

Venus ist der zweitschnellste Planet im Sonnensystem und folgt somit auf den Merkur. Ihr Durchmesser beträgt ungefähr 12.000 Kilometer. Sie ist 107 Millionen Kilometer von der Sonne entfernt und hat eine Umlaufzeit von 225 Tagen. Sie steht

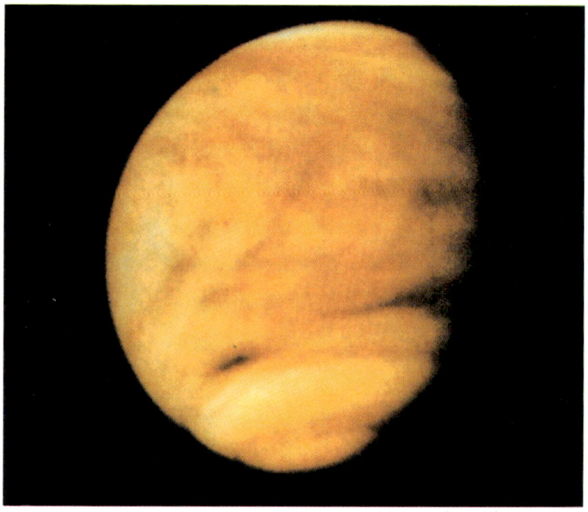

Venus, der Planet der Zuneigung und Kreativität.

Jupiter, Schutzherr der Händler und Herrscher über die Zeichen Fische und Schütze (Gravur, 15. Jh.).

In dieser kopernikanischen Planisphäre des 17. Jahrhunderts sind die Umlaufbahnen der damals bekannten Planeten dargestellt.

näher zur Erde als zum Merkur. Von der Erde aus kann beobachtet werden wie Merkur und Venus sich um die Sonne bewegen. Die Venus ist morgens und abends zu sehen, weshalb man sie Abend- und Morgenstern nennt.

Der Planet ist nach Sonne und Mond der hellste Himmelskörper am Firmament. Er ist von einer dichten Nebelschicht umgeben, deren Beschaffenheit aber noch weitgehend unerforscht ist. Von der Erde aus betrachtet, ist die Venus ein außerordentlich schöner Stern und bietet einen sanften und strahlenden Anblick.

Sie stellt das beständigste und harmonischste Gestirn dar und symbolisiert die Zufriedenheit einer Person, deren Wünsche in Erfüllung gehen. Ihre Stellung im Horoskop gibt an, was jemand liebt, was er gern hat und was ihn zufrieden macht. Die Venus steht in Zusammenhang mit der Kunst, der

Kreativität, der Verführungskunst, der Schönheit und der Harmonie. Sie ist das Prinzip der Lust, der Sinnlichkeit und der Liebe und hat die Aufgabe, die verschiedenen Elemente zusammenzubringen, um Harmonie und Gleichgewicht zu schaffen. In der Mythologie entspricht der römischen Venus die griechische Aphrodite. Beide sind Göttinnen der Liebe, der Anmut und der Fruchtbarkeit. Daher veranlaßt uns der Einfluß der Venus, uns zu verlieben und Schönheit, Lust und Freunde zu genießen. Menschen, deren Horoskop einen starken Einfluß der Venus zeigt, sind meistens sehr verführerisch, fein, liebenswürdig, diplomatisch und harmonisch. Sie hassen Streit und Konflikte. Sie haben meistens eine Ausstrahlung, die andere dazu veranlaßt, sich in sie zu verlieben.

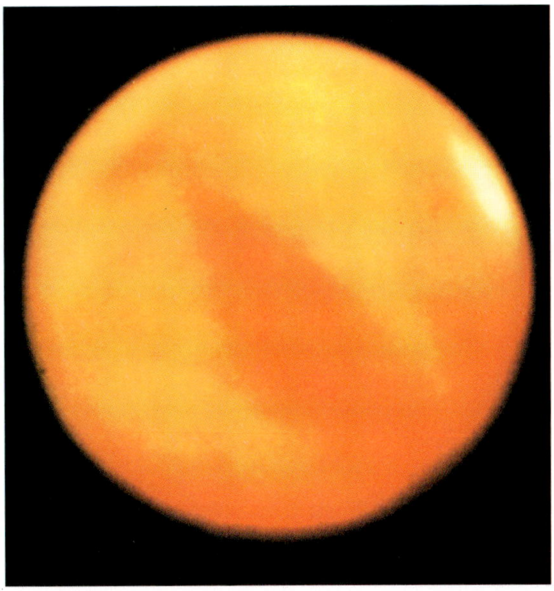

Mars wird mit Energie und Aggression gleichgesetzt.

♂ Mars

Mars ist nach Merkur, Venus und Erde der vierte Planet im Sonnensystem. Seine Entfernung von der Sonne beträgt im Durchschnitt 227 Millionen Kilometer, seine Umlaufzeit 687 Tage. Mit einem Durchschnitt von 6.800 Kilometer ist er kleiner als die Erde. Man bezeichnet ihn als „roten Planet" und er wird oft von heftigen Staubstürmen heimgesucht. Auf seiner Oberfläche entdeckt man Krater, die den Mondkratern recht ähnlich sind. Sein Licht ist wechselhafter als das der anderen Himmelskörper. Der Mars hat zwei Satelliten, die Deimos (Schrecken) und Phobos (Furcht) genannt werden. Stellt Venus die weibliche Energie dar, so bedeutet der Mars die männliche Kraft.

In der Astrologie ist er der Krieger, der etwas erobern will oder ein Ziel erreichen möchte. Er steht für Aktion und Suche, Initiative und Risiko und auch für die Sexualität. Mars ist ein energischer und kraftspendender Planet. Wird die Mars Energie positiv eingesetzt, steht sie für Aufbau, Freiheit, Initiative, Durchhaltevermögen, Schaffensdrang und Kraft. Wird sie jedoch negativ genutzt, kann sie auch Aggressivität, Brutalität und Tollkühnheit bedeuten. Die Position des Mars im Horoskop zeigt an, wo wir uns kämpferisch verhalten, uns selbst behaupten und Initiative ergreifen, oder wo wir dies zumindest tun sollten. Er steht auch für den Grad der Beweglichkeit einer Person.

Vor ungefähr vierzig Jahren wurden intensive statistische Studien zur Erforschung des astrologischen Einflusses dieses Planeten betrieben. Dabei kam heraus, daß viele Sportler den Mars an einer wichtigen Stelle im Horoskop hatten. Die Stellung des Mars gibt an, bis zu welchem Punkt die Bewegung, die körperliche Kraft, die Aktivität und die Triebkraft direkt auf den Menschen wirken. Mars-Geborene sind oft schnell, dynamisch und kampflustig. Sie verhalten sich wie Kämpfer, sind energisch und viril.

In der Mythologie entspricht der römische Mars dem griechischen Kriegsgott Ares. Daher kommt auch der lateinische Name des vom Mars dominierten Sternbilds Widder, nämlich „Aries".

In der Stadt Rom wurde Mars verehrt und angebetet. Mars, der Gott des Krieges, steht für den Kampf, den Wagemut und die vitale Energie.

TRANSPERSONALE PLANETEN

♃ Jupiter

Jupiter ist astronomisch gesehen der größte Planet des Sonnensystems. Sein Durchmesser beträgt 141.000 Kilometer Sein Abstand zur Sonne mißt 773 Millionen Kilometer und er benötigt für einen kompletten Umlauf 11,86 Jahre. Jupiter hat dreizehn Satelliten, von denen vier von Galilei entdeckt wurden. Von 1993 bis 1994 stand er aufgrund eines „Unfalls" im Zentrum der Aufmerksamkeit: Am 25. März 1993 entdeckten die Astronomen Shoemaker und Levy einen Kometen, der am 7. Juli 1993 in einer Entfernung von 25.000 Kilometern an dem Planeten vorbeiraste und dabei in 22 Stücke zerbarst. Grund dafür war die große Anziehungskraft des Jupiters. Am 16. Juli 1993 erreichte der Komet dann die Grenze seines Orbits (500 Millionen Kilometer von Jupiter entfernt) und stürzte auf ihn zu. Die Fragmente des Kometen mit einem Durchmesser von ca. 2 Kilometer zerschellten auf dem Planeten. Die Forscher und Astrologen befürchteten, daß ein solcher Zusammenprall Auswirkungen auf die astrologischen Einflüsse haben würde. Jupiter trug zwar keinen einzigen Kratzer davon, aber der Vorfall bot sowohl Astrologen als auch Astronomen genügend Anlaß, sich mit ihm zu beschäftigen. In der Astrologie stellt der Planet eine expansive Energie dar, die dazu antreibt, Ziele zu erreichen. Er wird auch als „großer Wohltäter" bezeichnet, weil er schützt und gibt, anstatt zu beschränken. Die Position des Jupiter im Horoskop zeigt die Stelle, an der Horoskopeigner am besten geschützt ist und am meisten erhält, aber auch wo er am exzessivsten und verschwenderischsten ist. Jupiter repräsentiert den religiösen Impuls, den Optimismus, den Idealismus und den Glauben. Er ist ein dynamischer Faktor, der die Begeisterung im Leben symbolisiert. Dort, wo er steht, macht man sich Erwartungen. Er ist ein Faktor des Wachstums. Seine negative Seite ist daher auch mit der Krankheit Krebs assoziiert, die in einem exzessiven Zellwachstum besteht. In der Mythologie entspricht dieser Planet dem römischen Jupiter, bei den Griechen dem Zeus, dem Herrscher des Olymp. Er ist väterlich, optimistisch, expansiv und hat viele Liebschaften und Kinder.

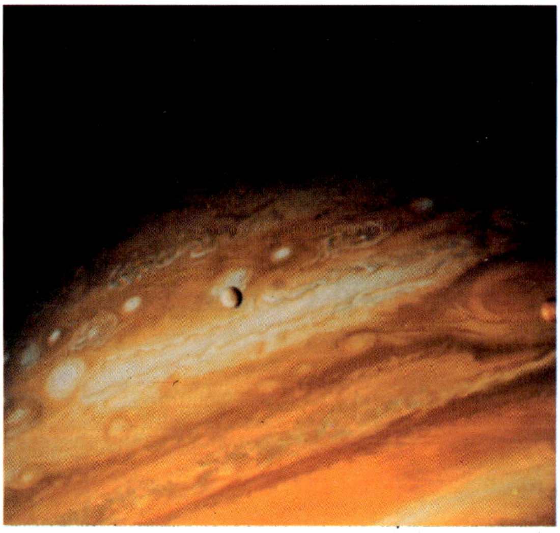

Mit dem Planeten Jupiter verbindet man Idealismus.

♄ Saturn

Auch Saturn ist ein Riesenplanet. Er ist der zweitgrößte nach Jupiter und hat einen Durchmesser von 120.000 Kilometern. Er kreist in 29,5 Jahren einmal um die Sonne und hat einen Abstand von 1.418 Millionen Kilometern zu ihr. Vier Ringe umkreisen ihn. Die ersten Saturnringe wurden 1955 von einem holländischen Astrologen namens Huygens entdeckt. Von der Erde aus kann man sie alle 15 Jahre von vorne erblicken. Außerdem hat Saturn elf Monde, die ihn mit größerem Abstand umkreisen. Der größte heißt Titan, er ist auch der größte Trabant unseres Sonnensystems. In der Astrologie stellt Saturn den Gegenpol zu Jupiter dar. Jupiter steht für Expansion und die

Saturn, Symbol der Vorsicht.

heitere Seite des Lebens, Saturn für die dunklen Seiten und die Beschränkung. Diese beiden Einflüsse verhalten sich komplementär und geben dem Leben seinen Sinn. Es müssen die richtigen Grenzen gesetzt werden, wenn Pläne realisiert werden sollen. Man sagt, daß Jupiter derjenige ist, der fröhlich Schecks ausfüllt, Saturn aber der sie bezahlt. Der Planet Saturn hat einen schlechten Ruf in der Astrologie. Früher wurde er als Unheilbringer betrachtet. Die Stelle, an der er sich im Horoskop befindet, ist meistens mit Problemen, Beschränkungen und Ängsten behaftet. Wenn jemand mit dieser Energie jedoch richtig umgeht, kann sie ein großes Geschenk sein. Persönliche Stärke, Aufbau und Meisterschaft werden mit ihr erreicht. Die Alchimisten arbeiteten mit Blei, dem Äquivalent des Saturnus. Sie gaben es in ein hermetisch abgeschlossenes Gefäß und erhitzten dieses im alchimistischen Ofen. Auf diese Weise versuchten sie, Gold zu erzeugen. Wie das Blei verkörpert Saturn die Dichte und Schwere. Er steht auch für die Dunkelheit und das Chaos vor großen Umbrüchen, in denen der Mensch den Sprung wagt, um er selbst zu sein und mit seinem eigenen Gold zu glänzen. Mit der Saturn-Energie umgehen heißt, der Dunkelheit und Tiefe ins Auge zu blicken und Ängste zu akzeptieren. Auch die Alchimisten konnten das Bleigefäß erst nach einiger Zeit wieder öffnen, sonst wäre ihre Arbeit zerstört gewesen. Saturn bremst und lähmt. Er verpflichtet uns dazu, uns nach innen zu wenden und geduldig vorzugehen, in dem wir Grenzen setzen und dadurch Kraft und Stärke gewinnen. In der Mythologie entspricht der römische Saturn dem griechischen Chronos. Sein Symbol ist die Sense. Chronos ist die Zeit und der Eremit, der aus Erfahrung und Praxis gelernt hat und die Zukunft bestimmt.

Uranus

Uranus wurde am 13. März 1781 von dem Astronomen William Herschel entdeckt. Er befindet sich noch hinter Saturn und hat einen Durchmesser von 52.000 Kilometern. Er ist 2.853 Millionen Kilometer von der Sonne entfernt und benötigt 84 Jahre für einen Umlauf. Seine Oberfläche besteht aus einem Gas mit sehr geringer Temperatur, dessen Zusammensetzung bisher noch un-

Uranus steht für Wandel und Unabhängigkeit.

bekannt ist. Er hat fünf Satelliten. Das Datum seiner Entdeckung ist deshalb von Bedeutung, weil es symbolisch für sein Wirken ist: Wie die Ideale der Französischen Revolution, die ungefähr zu dieser Zeit stattfand, verkörpert er die innere Notwendigkeit zur Befreiung und Umwandlung. Als transpersonaler Planet besitzt er eine Energie, die sich durch den Menschen, aber nicht in ihm verwirklicht. Er hat Einfluß auf Generationen und bestimmt die Zukunft und Entwicklung der Zivilisationen.

In der Astrologie symbolisiert Uranus die Tendenz zum Wechsel. Er wird auch der „weckende" Planet genannt. Durch meist plötzliche Impulse ruft er uns dazu auf, Neues im Leben zu schaffen, zu experimentieren und aus Normen auszubrechen. Er ist der Planet der Originalität und der Extravaganz. Die Stelle, an der sich Uranus im Horoskop befindet, bedeutet etwas völlig Neues zu schaffen, sich als Schöpfer und Urheber hervorzutun und besonders mutig und verwegen zu sein. In diesem Bereich ist der Mensch auch besonders unabhängig.

Uranus steht für das Wagnis, Konventionen und Grenzen umzustoßen um eine neue Leidenschaft zu entdecken und sie zu leben. In der Mythologie ist Uranus der Gott, der von seinem Sohn Saturn kastriert wurde. Seine Hoden fielen ins Meer, woraus dann Venus entstanden ist. Dieser Mythos zeigt das ewige Dilemma zwischen Zeit und Wandel, zwischen dem Er-neuerer und dem Bewahrer. Die Lösung liegt in der Diplomatie, Liebenswürdigkeit und Harmonie als Eigenschaften der Venus.

Wenn jemand sehr radikal ist, wird er auf die Opposition der konservativ Denkenden treffen. Gelangen sie aber im Dialog zu einer gemeinsamen Lösung, kann etwas Neues und Harmonisches geschaffen werden. Man sieht am Beispiel der Mode, daß es immer einen Höhepunkt und eine Zeit für alles gibt, bevor dann das, was vorher noch als revolutionär galt, wieder von etwas Neuem abgelöst wird. Für konservative Naturen kann es sehr schwierig sein, sich mit der befreienden, transformierenden Energie des Uranus anzufreunden, da sie es gewöhnt sind, sich auf ihr Sicherheitsdenken zu verlassen. Wenn man sich auf ihn einläßt, wird man im Leben unabhängiger, kreativer und einzigartiger.

♆ Neptun

Der Planet Neptun wurde 1857 von dem englischen Astronomen Adams gemeinsam mit den französischen Astronomen Leverrier d'Arrest und Galle entdeckt. Schon Jahre zuvor beobachteten Forscher, daß der Uranus von seiner Bahn immer mehr abwich. Der Grund für diese Ablenkung war der Neptun. Er ist 4.469 Kilometer von der Sonne entfernt und hat einen Durchmesser von 50.000 Kilometern. Er dreht sich innerhalb von 165 Jahren einmal um die Sonne und hat zwei Satelliten: Triton, der größer als unser Mond ist, und der kleinere und unbedeutendere Mond Nereide. In der Astrologie symbolisiert Neptun die Aufforderung, zu versinken, sich innerlich zu reinigen und das Ich einer höheren Sache zu opfern. Neptun ist verbunden mit der Mission für die hohen Ziele

Neptun steht für Opfer und Auslieferung

der Menschheit, bei der die Grenzen zwischen dem Einzelnen und der Gemeinschaft aufgehoben sind. Der Mensch hat das Gefühl, er müsse sich opfern und sich einer höheren Macht unterwerfen, um sich zu befreien; er fühlt sich für die Situation verantwortlich. Einrichtungen wie Krankenhäusern oder der Hilfe für die Dritte Welt, aber auch in einem Musikkonzert, wo der Einzelne mit dem größeren Ganzen, dem Kollektiv verschmilzt. Wird diese Energie allerdings negativ verwendet, kann sie bei einer Gruppe zum Beispiel religiösen Fanatismus auslösen, beim einzelnen Menschen führt sie zur Weltflucht. Der Einzelne muß hier lernen, Grenzen zu ziehen und aufhören, sich selbst etwas vorzumachen. Neptun wird auch „die Wolke" genannt, da sein Einfluß dazu führt, daß man idealistisch wird und nur das sieht, was man sehen will.
In der Mythologie ist Neptun der Meeresgott und herrscht über das Reich der Tiefe und der Ozeane. Er wird meistens mit einem Dreizack dargestellt.

Pluto, Symbol der Wiedergeburt.

♇ Pluto

Pluto wurde 1930 entdeckt. Damit wuchs die Anzahl der astrologisch bedeutsamen Planeten auf zehn an. Der Astronom Lowell folgerte aus seinen Berechnungen, daß es einen Planeten geben mußte, der dafür verantwortlich ist, daß Uranus und Neptun unregelmäßige Umlaufbahnen haben. Durch Berechnungen und weltraumphotographische Forschungen wurde Pluto in einem Observatorium in Arizona 14 Jahre nach Lowells Tod entdeckt. Pluto ist 5.860 Kilometer von der Sonne entfernt und benötigt für einen Umlauf 248 Jahre. Man schätzt seinen Durchmesser auf ungefähr 3.500 Kilometer. 1978 entdeckte man, daß er einen Satelliten besitzt, der fast genauso groß ist wie er selbst. In der Astrologie steht Pluto für inneren Tod und emotionale Wiedergeburt. Er bringt durch seine Impulse den Menschen dazu, sich selbst zu wandeln und durch den Wechsel und die Regenerierung zu wachsen. Er gehört wie Saturn zu den gefürchteten Planeten. Er gleicht einem, der an die Tür klopft, der jedoch nicht eingeladen wurde, weil man vor ihm Angst hat. Öffnet man nicht und läßt ihn ein, bricht er durch die Tür und macht alles kaputt. Die Stellung des Pluto im Horoskop verdeutlicht, wo der Mensch Heimlichkeiten hat und okkulte und seltsame Dinge erlebt. Pluto steht in Beziehung zur okkulten und dunklen Seite des Lebens, aber er verlangt auch Aufrichtigkeit und Ehrlichkeit. Seine Energie reißt Grenzen und Schranken nieder, um das Gefühl der Ganzheit zu erzeugen. Durch die Konfrontation mit den negativen Seiten und durch die Suche nach Vollkommenheit kann der Mensch seine einseitige Sicht der Welt überwinden und seine persönliche Philosophie entwickeln. Auf der Ebene des Weltgeschehens verkörpert Pluto die Kommunikationsnetze und den universalen Geist.
In der Mythologie entspricht Pluto dem Gott der Unterwelt. Seine Energie ist mächtig und im Unbewußten beheimatet. Sie kann sich in sexuellen Beziehungen oder Machtverhältnissen manifestieren. Aber auch verdrängte negative Gefühle können mit Hilfe des plutonischen Einflusses ans Licht kommen.

Die Planeten in den Zeichen

Ausgangspunkt für die Interpretationen und Vorhersagen in der Astrologie sind Position und Bewegung der Sterne um die Ekliptik, und zwar von der Erde aus gesehen. Jeder Planet steht in Zusammenhang mit einem Tierkreiszeichen. Die Sonne z. B. herrscht über das kreative Sternzeichen Löwe, der Mond über das Sternzeichen Krebs, Merkur beherrscht Zwillinge und Jungfrau, Venus Waage und Stier, Mars den Widder, und Jupiter dominiert Fische und Schütze.

Man spricht bei den Planetenstellungen von Domizil, Exil, Fall oder Erhöhung, je nach dem, in welchem Zeichen sie stehen. Diese Positionen üben Wirkung auf die Stärke oder Schwäche des planetarischen Einflusses aus. Ist ein Planet im Domizil, so heißt das, daß er sich in seinem „eigenen" Zeichen, also an seinem natürlichen Ort befindet. Dort kann er seine ganze Kraft entfalten, wie z. B. Mars, wenn er im Widder steht.

Die Stellung eines Planeten im Domizil ist günstig und hat normalerweise positive Einflüsse auf den Menschen, denn es wird die Persönlichkeit des jeweiligen Zeichens betont. Steht ein Planet aber im Exil, heißt das, daß er in einem Sternzeichen steht, das dem Domizil genau gegenüber liegt. Diese Stellung ist ungünstig, und die Wirkung des Planeten wird dadurch geschwächt, z. B., wenn Mars in der Waage steht.

Wenn ein Planet in Erhöhung ist, heißt das, daß er sich in einem Zeichen befindet, das eine gewisse Affinität mit dem eigenen Zeichen hat. Dort kann er ebenfalls seine Energien entfalten und die Persönlichkeit des Einzelnen unterstreichen, wie z. B. Mars im Zeichen Steinbock.

Der Fall des Planeten bezeichnet die entgegengesetzte Stellung. In dieser ist seine Energie gedämpft, wie z. B. bei Mars im Zeichen Krebs.

Das Gemälde "Der Astronom" des holländischen Malers Johannes Vermeer läßt erkennen, in welch engem Zusammenhang die Astrologie früher mit der Astronomie stand.

DIE PLANETEN IM ZEICHEN WIDDER

Sonne im Widder
Die Sonne steht vom 21. März bis zum 20. April im Widder. Bei Null Grad Widder – wenn die Sonne in dieses Zeichen tritt – liegt auch der Frühlingspunkt. Das Gestirn befindet sich in Erhöhung. Diese Position bedeutet für den Menschen, daß er sein Selbstvertrauen und seine Vitalität stärken muß, um sich zu behaupten, um Veränderungen in seinem Leben vorzunehmen und seine Vorhaben energisch durchzusetzen

Mond im Widder
Emotional gesehen ist die Person mit dieser Position im Horoskop spontan und unabhängig. Sie ist entschlossen und kämpferisch und entwickelt einen gewissen Pioniergeist.

Merkur im Widder
Man hat einen regen Geist, intuitive Intelligenz und originelle Ideen. Manchmal ist man auch impulsiv und ungeduldig, entschlossen und kämpferisch.

Venus im Widder
Venus ist im Exil. Diese Stellung bedeutet Impulsivität in der Liebe mit der Tendenz, sich zu schnell in eine Beziehung zu stürzen und sehr direkt zu sein. Personen mit dieser Planetenstellung brauchen Unabhängigkeit.
Eine solche Position im Horoskop eines Mannes bedeutet, daß er sich von Frauen angezogen fühlt, die direkt und entschlossen sind.

Mars im Widder
Mars steht in seinem Zeichen, also im Domizil. Die Person ist energisch, meist sportlich veranlagt, direkt, ungestüm und liebt Eroberungen. Frauen mit dieser Horoskopstellung fühlen sich vom Männertypus des Eroberers angezogen, der maskulin und direkt ist.

Saturn im Widder
Saturn ist im Fall. Man hat Angst, dominiert zu werden. Dies bedeutet im übertragenen Sinne die Unmöglichkeit, zum Grund seiner Seele zu finden.

DIE PLANETEN IM ZEICHEN STIER

Sonne im Stier
Die Sonne tritt am 21. April in das Zeichen Stier und bleibt dort bis zum 20. Mai. Das Hauptziel der Person mit dieser Sonnenposition ist das Verhältnis zum Materiellen und der Aufbau der eigenen Wertschätzung.

Mond im Stier
Der Mond ist in Erhöhung. Die Person ist instinktiv, emotional, sinnlich, liebt gute Küche, feine Speisen und alle anderen Freuden des Lebens. Sie ist naturverbunden und gefühlvoll, manchmal aber auch starrköpfig.

Merkur im Stier
Ein Mensch mit dieser Position hat meist einen trägen, aber praktischen Geist. Dies begünstigt ihn bei Verhandlungen und der Durchsetzung eigener Vorstellungen.

Venus im Stier
Venus steht im Domizil. Dies bedeutet Sinnlichkeit in der Liebe. Die Personen mit dieser Position im Horoskop lieben die Bequemlichkeit, das Vergnügen und die Schönheit. Im allgemeinen haben sie eine ausgeprägte künstlerische Veranlagung. Sie können außerdem sehr besitzergreifend sein. Männer fühlen sich vom klassisch-femininen Frauentyp stark angezogen.

Mars im Stier
Mars ist im Exil. Für einen Menschen mit dieser Planetenstellung ist der eigene Wert gleichbedeutend mit Besitz und Reichtum. Eine Frau mit Mars im Stier fühlt sich von Männern angezogen, die ihr das Gefühl von Sicherheit geben und die sie nicht dominiert.

Jupiter im Stier
Bei dieser Stellung sind materielle Dinge und Stabilität sehr wichtig.

Saturn im Stier
Man hat Angst, seinen Besitz zu verlieren oder vor ökonomischer Ausbeutung.

DIE PLANETEN IM ZEICHEN ZWILLINGE

Sonne in den Zwillingen
Die Sonne tritt am 21. Mai in dieses Zeichen und verläßt es am 21. Juni. Diese Sonnenposition steht für die Wesensart, alles mit dem Intellekt zu begreifen und zu unterscheiden. Daher interessieren sich die Personen mit diesem Sonnenzeichen für beinahe alles.

Mond in den Zwillingen
Emotional ist man oft unruhig, neugierig, manchmal unstet und etwas zerstreut.

Merkur in den Zwillingen
Merkur ist im Domizil. Das bedeutet, daß die Intelligenz potenziert wird. Man ist neugierig und kommunikativ.

Venus in den Zwillingen
Für eine Person mit dieser Position ist die Kommunikation mit dem Partner besonders wichtig. Wenn der Partner körperlich perfekt ist, aber nicht besonders intelligent, verliert sie schnell das Interesse. Ein Mann mit Venus in den Zwillingen fühlt sich von einer Frau angezogen, die neugierig und wechselhaft, intelligent und wendig ist und ihm keine Ruhe läßt.

Mars in den Zwillingen
Jemand mit dieser Position im Horoskop fühlt sich mächtig, wenn er die Kommunikation beherrscht. Bei einer Frau kann diese Stellung bedeuten, daß sie sich von Männern angezogen fühlt, die unruhig, erfinderisch, zerstreut und mitteilsam sind.

Jupiter in den Zwillingen
Jupiter ist im Exil. Die Position betont die Kommunikationsfähigkeit.

Saturn in den Zwillingen
Jemand mit dieser Horoskopstellung hat Angst, mitzuteilen, was ihn wirklich beschäftigt. Er fürchtet sich auch, die Freiheit, seine Ideen auszudrücken, zu verlieren. Daher kann er oft sehr reserviert sein.

DIE PLANETEN IM ZEICHEN KREBS

Sonne im Krebs
Die Sonne tritt am 22. Juni in dieses Zeichen. Sie verläßt das Zeichen am 22. Juli. Im Leben eines Menschen mit Sonnenzeichen Krebs spielen die Gefühle und die Ernährung eine übergeordnete Rolle.

Mond im Krebs
Der Mond steht hier im Domizil. In emotionaler Hinsicht ist man sehr sensibel und leicht zu beeindrucken. Man ist mütterlich und an der Vergangenheit interessiert.

Merkur im Krebs
Intellektuell versucht ein Mensch mit dieser Position, Gedanken und Gefühle in Einklang zu bringen.

Venus im Krebs
Diese Personen sind meist sehr sensibel und beschützend in ihren Beziehungen. Sie sorgen sich um ihren Partner und tun alles dafür, daß er sich wohl fühlt. Bei einem Mann ist es wahrscheinlich, daß er viel im Haushalt hilft und sich von einer Frau angezogen fühlt, die häuslich ist und ihn umsorgt.

Mars im Krebs
Mars ist im Fall. Diese Energie führt dazu, daß man begehrt und gebraucht werden will, daß man sich danach sehnt Emotionen und Erotik in einer Beziehung in Einklang zu bringen. Eine Frau fühlt sich von einem Mann angezogen, der beschützend, weich, verständnisvoll, sensibel und häuslich ist .

Jupiter im Krebs
Jupiter ist in Erhöhung. Er verstärkt das Gefühl und macht die Person mit dieser astrologischen Position kommunikativ und zärtlich.

Saturn im Krebs
Saturn ist im Exil. Man ist extrem sensibel und hat Angst vor Zurückweisungen und emotionaler Enttäuschung.

DIE PLANETEN IM ZEICHEN LÖWE

Sonne im Löwen
Am 23. Juli tritt die Sonne in dieses Zeichen und bleibt bis zum 22. August. Im Lebensweg der Personen mit dieser Sonnenstellung ist es wichtig, ihre Lebenskraft durch Kreativität zu entfalten. Sonne im Löwen steht für den Mut, sich allen Situationen zu stellen und sie zu beherrschen.

Mond im Löwen
Man ist meist nobel und großzügig, aber auch eingebildet und etwas theatralisch. Bewunderung und Beziehungen zu wichtigen Persönlichkeiten sind sehr wichtig.

Merkur im Löwen
Diese Position steht für Intuition und Kreativität. Eigene Vorstellungen werden mit großer Sicherheit ausgedrückt.

Venus im Löwen
Man ist großzügig in seinen Beziehungen, braucht aber ständig Bewunderung und Respekt. Ein Mann fühlt sich von einer Frau angezogen, die hervorsticht, etwas Besonderes ist, und mit der er in der Öffentlichkeit Wirkung erzielt.

Mars im Löwen
Die Person mit dieser Horoskopstellung ist sehr impulsiv und will stets ihre Mitmenschen beeindrucken. Daher ist sie großzügig oder auch dramatisch. Eine Frau fühlt sich von einem Typ Mann angezogen, der warmherzig und leidenschaftlich ist.

Jupiter im Löwen
Diese Stellung betont die Selbstsicherheit und schließt oft Eingebildetsein und Arroganz mit ein.

Saturn im Löwen
Saturn ist im Exil. Es fehlt oft an Selbstvertrauen, manche haben Minderwertigkeitskomplexe. Aus Angst, nicht die Besten zu sein, schränken sie selber ihre Möglichkeiten ein.

DIE PLANETEN IM ZEICHEN JUNGFRAU

Sonne in der Jungfrau
Die Sonne tritt am 23. August in dieses Zeichen und verläßt es am 22. September. Personen diezses Sonnenzeichens haben einen kritischen Sinn und sind hilfsbereit.

Mond in der Jungfrau
Eine Person mit dieser Stellung liebt das Detail. Sie ist kritisch und manchmal zu stark auf das Thema Gesundheit fixiert.

Merkur in der Jungfrau
Merkur ist hier im Domizil, genauso wie im Zeichen Zwillinge. Daher wird die Intelligenz einer Person dieser Horoskopposition gestärkt. Sie ist perfektionistisch, logisch und kritisch.

Venus in der Jungfrau
Venus ist im Fall. Menschen mit dieser Position sind anspruchsvoll und kritisch in ihren Beziehungen. Sie achten stark auf Einzelheiten und sie kümmern sich sehr um ihren Partner. Männer fühlen sich von Frauen angezogen, die sorgfältig und ordnungsliebend sind.

Mars in der Jungfrau
Es wird auf Effizienz und Details geachtet. Viele Personen mit dieser Planetenstellung sind sehr geschickt in handwerklichen Dingen. Sie haben auch einen ausgeprägt analytischen und kritischen Geist.

Jupiter in der Jungfrau
Jupiter ist im Exil. Er verstärkt die Notwendigkeit, eine Arbeit oder Tätigkeit zu finden, die „dem Leben einen Sinn“ gibt und über die alltäglichen Bedürfnisse hinausgeht. Daher finden sich hier viele freiwillige Helfer in Krankenhäusern und anderen karitativen Einrichtungen.

Saturn in der Jungfrau
Man hat Angst vor Chaos und Unordnung und muß in seinem Leben alles in eine geordnete Struktur bringen.

DIE PLANETEN IM ZEICHEN WAAGE

Sonne in der Waage
Wenn die Sonne am 23. September in die Waage tritt, beginnt der Herbst. Am 23. Oktober verläßt sie dieses Zeichen wieder. Sie ist im Fall. Eine Person mit dieser Position ist gefordert, in sich selbst die Widersprüche zu finden.

Mond in der Waage
Emotional ist man gesellig, zartfühlend und harmonisch. Man kann gut mit Menschen umgehen, ist aber oft zu unentschlossen.

Merkur in der Waage
Personen mit dieser Position sind diplomatisch, harmonisch und gerecht. Sie können sich gut in ihre Mitmenschen hineinversetzen und bemühen sich um Kommunikation.

Venus in der Waage
Diese Stellung ist sehr günstig, da Venus in ihrem Zeichen oder Domizil steht. Menschen mit dieser Horoskopstellung haben meistens einen ausgeprägten Sinn für Ästhetik und suchen in ihren Beziehungen Frieden und Harmonie. Sie mögen es nicht, wenn ihr Gleichgewicht aus der Ruhe gebracht wird. Männer mit Venus im Zeichen Waage sind in der Liebe meist sehr idealistisch und fühlen sich von eleganten Frauen angezogen.

Mars in der Waage
Mars ist im Exil. Die Energie wird dadurch verfeinert. In Beziehungen sucht sie das Persönliche und Romantische. Eine Frau mit dieser Position wird vom Männertypus des klassischen Kavaliers angezogen.

Jupiter in der Waage
Er verstärkt die Beziehungen sowie den Sinn für Schönheit, Harmonie und Gerechtigkeit.

Saturn in der Waage
Saturn ist in Erhöhung. Man hat Angst vor sozialer Verlassenheit und versucht, Beziehungen aufrechtzuerhalten.

DIE PLANETEN IM ZEICHEN SKORPION

Sonne im Skorpion
Die Sonne betritt dieses Zeichen am 23. Oktober und verläßt es wieder am 21. November. Man lernt durch das Erkennen seiner dunklen Seiten, anderen dabei zu helfen, dies ebenfalls zu tun.

Mond im Skorpion
Der Mond ist im Fall. Ein Mensch mit dieser Position hat tiefe Gefühle und ist rechtschaffen. Er entdeckt schnell die dunklen und verborgenen Seiten einer Situation.

Merkur im Skorpion
Die Person ist instinktiv, kreativ und intelligent. Sie ist sehr ehrlich und sagt, was sie denkt, kann aber auch sehr verschwiegen sein.

Venus im Skorpion
Venus ist im Exil. Ein Mensch mit dieser astrologischen Position ist sehr intensiv in seinen Emotionen. Er braucht Leidenschaft und Erotik, kann aber auch sehr besitzergreifend und eifersüchtig in seinen Beziehungen sein. Ein Mann mit Venus im Skorpion fühlt sich von Frauen angezogen, die vital und mächtig sind.

Mars im Skorpion
Mars ist im Domizil. Personen mit dieser Position engagieren sich stark in ihren Beziehungen. Sie haben magnetische Anziehungskraft und Charisma. Bei einer Frau bedeutet diese Planetenstellung, daß sie sich von Männern angezogen fühlt, die leidenschaftlich sind und die ihr zeigen, daß sie gebraucht wird.

Jupiter im Skorpion
Transformation, Kreativität, Lebensenergie und Leidenschaft werden betont.

Saturn im Skorpion
Man hat Angst, dominiert zu werden. Man muß versuchen, seine Angst vor dem Ausgeliefertsein zu verlieren.

DIE PLANETEN IM ZEICHEN SCHÜTZE

Sonne im Schützen

Die Sonne tritt am 22. November in dieses Zeichen, um es am 20. Dezember wieder zu verlassen. Für Personen mit diesem Sonnenzeichen ist es wichtig, eine eigene Ethik und Lebensphilosophie zu entwickeln.

Mond im Schützen

Jemand mit dieser Planetenstellung ist fröhlich und abenteuerlustig, optimistisch und mitteilsam. Er hat eine philosophische Seite .

Merkur im Schützen

Merkur ist im Exil. Die Person hat einen philosophischen Intellekt und neigt zum Idealismus. Wenn sie sich mitteilt, ist sie sehr ehrlich, wenngleich auch etwas taktlos.

Venus im Schützen

Menschen mit dieser Position sind in ihren Beziehungen sehr idealistisch. Es fällt ihnen daher schwer, sich mit dem täglichen Einerlei anzufreunden. Sie sind auch sehr großzügig und spontan. Ein Mann mit Venus in diesem Zeichen fühlt sich angezogen von einer Frau, die auch seine Freundin ist und der er sich anvertrauen kann.

Mars im Schützen

Die Person ist stark idealistisch und mitteilsam. Sie ist philosophisch und auch sehr humorvoll. Eine Frau mit Mars im Schützen fühlt sich angezogen von Männern, die konsequent sind und mit ihren Idealen im Einklang leben. Sie sucht in ihnen einen geistigen Führer, durch den sie weiter wachsen kann.

Jupiter im Schützen

Jupiter ist sehr stark, weil er in seinem Domizil ist. Er betont die Weisheit und fördert die Reiselust.

Saturn im Schützen

Man hat Angst davor, daß das Leben keinen Sinn haben könnte und fürchtet die Routine.

DIE PLANETEN IM ZEICHEN STEINBOCK

Sonne im Steinbock
Wenn die Sonne am 21. Dezember in dieses Zeichen tritt, beginnt der Winter. Sie verläßt es am 19. Januar. Der Lebensweg eines Menschen mit dieser Position ist gezeichnet von Verantwortlichkeit.

Mond im Steinbock
Der Mond ist im Exil. Emotional ist die Person ausgeglichen und verantwortungsbewußt und nimmt alles sehr ernst.

Merkur im Steinbock
Diese Position bringt Geduld, Disziplin und Konzentrationsvermögen. Man denkt methodisch, könnte aber auch etwas zu starr und konservativ in seinen Kriterien sein.

Venus im Steinbock
Personen mit dieser astrologischen Stellung nehmen die Liebe und die Beziehungen sehr ernst. Sie mögen keine Leichtfertigkeit und suchen die Tiefe. Um ihre Gefühle mitzuteilen, brauchen sie erst das Gefühl der Verpflichtung. Männer mit Venus im Steinbock suchen eine Frau, die ihnen eine tiefe Liebe entgegenbringt.

Mars im Steinbock
Mars ist in Erhöhung. Die Triebkraft der Personen in dieser Position ist sehr stark ausgeprägt. Sie benötigen eine übermäßige Selbstkontrolle und hassen es, zurückgewiesen oder lächerlich gemacht zu werden.

Jupiter im Steinbock
Jupiter ist im Fall. Die Ausdauer ist stark betont. Man verwendet viel Energie darauf, seine Ziele zu erreichen.

Saturn im Steinbock
Saturn ist sehr stark, weil er sich in seinem Domizil befindet. Man muß in erster Linie lernen, beim Erreichen seiner Ziele vorsichtig zu sein und nichts zu überstürzen oder zu erzwingen.

DIE PLANETEN IM ZEICHEN WASSERMANN

Sonne im Wassermann
Die Sonne tritt am 20. Januar in dieses Zeichen und verläßt es am 18. Februar. Sie ist im Exil. Im Leben sind Freundschaften und die Zugehörigkeit zu Gruppen wichtig.

Mond im Wassermann
Emotional ist die Person innovativ und unabhängig. Sie legt viel Wert auf Freundschaft und auf die Bedürfnisse ihrer Freunde.

Merkur im Wassermann
Menschen mit dieser Horoskopstellung sind offen und unkonventionell, mit einem Hang zur Utopie. Sie sind avantgardistisch und fühlen sich von Neuerungen wie z. B. innovativer Technik stark angezogen.

Venus im Wassermann
Jemand mit Venus im Wasserman hat eine Tendenz zu offenen und freien Beziehungen. Er erträgt keine Eifersucht und kein Besitzdenken in seinen Liebesbeziehungen und ist oft abweisend. Im Horoskop eines Mannes bedeutet diese Position, daß er sich von originellen und unabhängigen Frauen angezogen fühlt.

Mars im Wassermann
Deutet auf einen Hang zum Intellektuellen, zur Neugier und zur Innovation hin. Personen mit dieser Planetenstellung sind oft unberechenbar. Eine Frau mit Mars im Zeichen Wassermann fühlt sich von einem originellen, liberalen Mann angezogen, der nicht streng und konservativ ist.

Jupiter im Wassermann
Der Idealismus eines Menschen wird betont.

Saturn im Wassermann
Saturn ist im Domizil, denn er ist der frühere Herrscher dieses Zeichens, das er jetzt mit Uranus teilt. Man hat Angst, anders als die anderen oder aus der Freundesgruppe ausgeschlossen zu sein.

DIE PLANETEN IM ZEICHEN FISCHE

Sonne in den Fischen
Die Sonne betritt dieses Zeichen am 19. Februar und bleibt dort bis zum 20. März. Dieses Sonnenzeichen bedeutet für den Menschen den Weg der emotionalen Hingebung.

Mond in den Fischen
Diese Personen sind beeinflußbar, sensibel, träumerisch und phantasievoll. Sie sind zwar sehr mitfühlend, doch auch oft unrealistisch und lassen sich zu sehr von der Welt der Magie beeindrucken.

Merkur in den Fischen
Jemand mit dieser Stellung hat einen angenehmen Charakter. Er kann als intuitiv gelten, hat seherische Fähigkeiten und ist im Erfassen von Bildern sehr schnell.

Venus in den Fischen
Venus ist in Erhöhung. Die Person mit dieser Position ist in der Liebe romantisch. Bei einem Mann weist diese Stellung darauf hin, daß er sich von sensiblen, romantischen Frauen angezogen fühlt.

Mars in den Fischen
Es gibt einen starken Drang, neue Empfindungen zu suchen. Man besitzt große Sensibilität und Phantasie. Eine Frau mit Mars in den Fischen fühlt sich von einem Mann angezogen, der sie zur spirituellen Welt hin orientiert.

Jupiter in den Fischen
Jupiter ist im Domizil. Er war früher der Herrscher über dieses Zeichen, teilt es sich jetzt aber mit Neptun. Jupiter steigert das Zauberhafte eines Menschen und die Fähigkeit sich auf andere einzustellen.

Saturn in den Fischen
Diese Position kann die Angst vor dem gefühlsmäßigen Alleingelassensein und die Angst vor Spannungen symbolisieren. Man gibt sich daher sehr versöhnlich.

Aries. leo. sagittarius. sunt
calida et sicca collerica
masculina. Orientalia.
Taurus. virgo. capricorni
sunt frigida et sicca melan
lica feminina. Occidentali.
Gemini
aquarius.
libra. sunt calida et
humida masculina
sanguinea. Meridionalia.
Cancer. sco
rpius. pisces
sunt frigida et hu
da flemmatica femi
na. Septentrionalia.

Die astrologischen Häuser

Das Horoskop hat zwölf Häuser, die den grundlegenden Lebensgeschehnissen eines Menschen entsprechen. Ein Haus stellt z. B. das Familienleben dar, ein anderes die Arbeit, eines das Leben in der Partnerschaft, ein anderes die Welt der Freundschaft etc. Jedes Haus öffnet sich über einem der zwölf Tierkreiszeichen. Ein Mensch verhält sich im entsprechenden Lebensbereich so, als würde er zu dem beigeordneten Tierkreiszeichen gehören.

Jemand kann beispielsweise das Sonnenzeichen Krebs besitzen, im siebten Haus, dem Haus der Partnerschaft jedoch den Stier und im sechsten Haus, dem Haus der Arbeit, das Widderzeichen haben. Für einen solchen Menschen wird das Berufsleben von Eigeninitiative geprägt sein, in der Partnerschaft wird er jedoch Beständigkeit und Treue suchen. Es ist möglich, daß Planeten in den Häusern stehen, aber es ist kein Muß. In einem solchen Fall werden die Lebenssituationen von der spezifischen planetarischen Energie beeinflußt. Eine Person mit Uranus im Haus der Familie wird entweder sehr unabhängig von dieser sein oder zumindest in einem außergewöhnlichen Verhältnis zu ihr stehen. Jemand der Jupiter im elften Haus, dem Haus der Freundschaft, hat, ist für gewöhnlich sehr mitteilsam. Er hat keine Mühe, Freunde zu gewinnen. Jedes Haus stellt einen Schauplatz, eine Szene dar, auf dem Erfahrungen gemacht werden. Zieht man den Vergleich zum Theater, so entspricht die Dekoration den jeweiligen Sternzeichen und ihren Eigenschaften, die Schauspieler der einzelnen Szenerien sind die Planeten.

Diese Miniatur aus dem 15. Jahrhundert stellt auf sehr anschauliche Weise die Einflüsse der Tierkreiszeichen auf die verschiedenen Körperteile dar.

Das erste Haus

ist der Aszendent: Er ist durch die Geburtszeit festgelegt und stellt die „Visitenkarte“ einer Person dar, das Bild, das sie nach außen hin präsentiert. Er gibt außerdem Auskunft über ihren persönlichen Stil, über die Art, wie sie an die Dinge herangeht, über ihren Körper und über ihren Kleidergeschmack.

Ein Mensch mit der expansiven Energie des Planeten Jupiter im Aszendent ist meistens groß und korpulent. Jemand mit Venus in diesem Haus kann als attraktiv und verführerisch gelten, und zwar so-

DIE HÄUSER

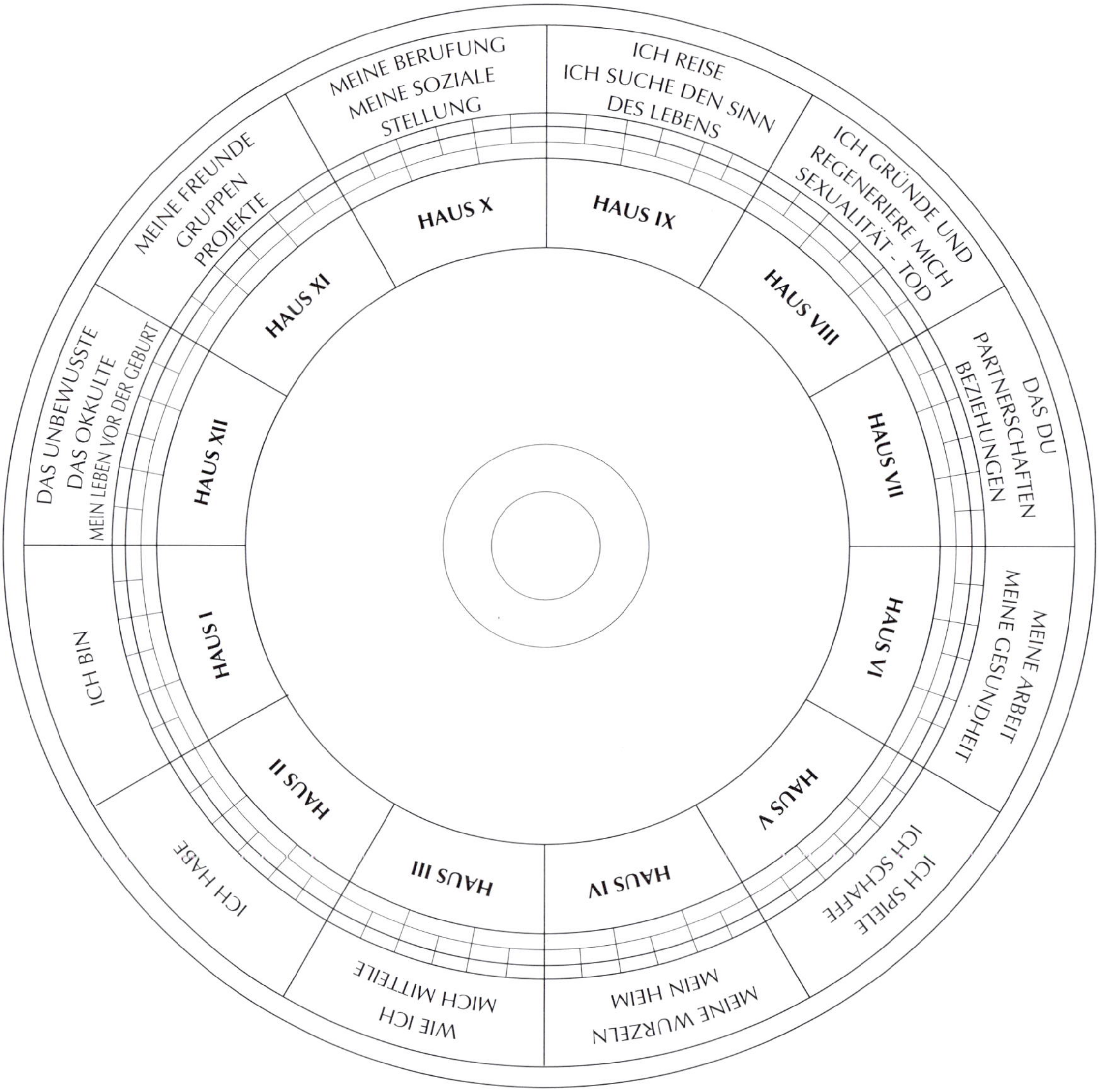
HAUS I
ICH BIN
HAUS II
ICH HABE
HAUS III
WIE ICH MICH MITTEILE
HAUS IV
MEINE WURZELN MEIN HEIM
HAUS V
ICH SCHAFFE ICH SPIELE
HAUS VI
MEINE ARBEIT MEINE GESUNDHEIT
HAUS VII
DAS DU PARTNERSCHAFTEN BEZIEHUNGEN
HAUS VIII
ICH GRÜNDE UND REGENERIERE MICH SEXUALITÄT - TOD
HAUS IX
ICH REISE ICH SUCHE DEN SINN DES LEBENS
HAUS X
MEINE BERUFUNG MEINE SOZIALE STELLUNG
HAUS XI
MEINE FREUNDE GRUPPEN PROJEKTE
HAUS XII
DAS UNBEWUSSTE DAS OKKULTE MEIN LEBEN VOR DER GEBURT

wohl physisch als auch im Verhalten.
Das erste Haus steht auch für die Art und Weise, wie man die Welt wahrnimmt. Der eine sieht die Welt durch die „Brille" des Zeichens Fische, der andere sieht sie mit den Augen der Jungfrau. Ersterer ist eher intuitiv und idealistisch in seiner Wahrnehmung, letzterer beobachtet stärker und achtet eher auf Details. Eine Person mit Aszendent Waage sucht Harmonie, während man mit Aszendent Steinbock sehr ernst und verantwortungsbewußt wirkt.

Das zweite Haus
steht in Zusammenhang mit Besitz und Vermögen einer Person. Es gibt Auskunft über das Verhältnis zum Geld: wie man mit ihm umgeht und wofür man es ausgibt. Es betrifft aber auch persönlichen Eigenschaften, indem es zeigt, woraus jemand Sicherheit bezieht.
Ein Mensch mit dem Planeten Uranus im zweiten Haus kann in seiner finanziellen Situation Veränderungen mit starken Höhen und Tiefen erleben, gleichzeitig wird er sich auf seine Originalität und seinen Erfindungsgeist verlassen können. Die Spekulation an der Börse stimuliert ihn, seine finanzielle Unabhängigkeit ist für ihn sehr wichtig. Jemand mit Jupiter im zweiten Haus wird hingegen im Laufe seines Lebens selten Angst um seine wirtschaftliche Absicherung haben müssen. Er besitzt immer Geld, wenn er es benötigt. Er wird aber auch großzügig und sogar verschwenderisch sein und mit großem Vergnügen Geld für Reisen sowie für andere schöne Dinge ausgeben. Das Zeichen Skorpion im zweiten Haus steht für Umwandlung und Bewegung im wirtschaftlichen Bereich. Waage in diesem Haus bedeutet, daß die Person versuchen wird, eine ausgeglichene Finanzsituation zu erzielen und Einnahmen und Ausgaben im Gleichgewicht zu halten.

Das dritte Haus
steht für Beziehung und Kommunikation. Es gibt über das Verhältnis eines Menschen zu seiner Nachbarschaft, seinen Geschwistern und seinen Ideen Auskunft. Es sagt außerdem etwas über

Löwe und Krebs in einer astronomischen Abhandlung.

seine Schulzeit aus, über kurze Reisen und wie es ihm dabei geht. Jemand, der Saturn im dritten Haus hat, könnte z. B. in seiner Nähe hauptsächlich ältere Menschen haben und im Gespräch die Tiefe suchen. Er könnte sehr ernste Geschwister besitzen, seine Schulzeit könnte problematisch gewesen sein und es könnte sein, daß er nicht gerne Auto fährt. Ein Mensch mit Merkur in diesem Haus wird das Gespräch mit seinen Nachbarn und Geschwistern suchen und unruhig, neugierig und geschwätzig sein. Er war in seiner frühen Schulzeit gewiß ein guter Schüler und reist gern von einem Ort zum anderen. Jungfrau im dritten Haus läßt auf einen analytischen Geist schließen, jemand mit Schütze in diesem Haus hat einen Hang zum philosophischen Denken.

Das vierte Haus
öffnet sich wie der Aszendent in einem wichtigen Bereich: nämlich im tiefsten Punkt des Horoskops, der „Himmelstiefe" oder dem „Immum Coeli". Es

Das Zeichen Schütze in einer astrologischen Abhandlung von Alfons X. dem Gelehrten.

drückt die Wurzeln, die Herkunft und das Innerste des Menschen aus. Es gibt Auskunft über die Familie als den Ort der Kindheit des Einzelnen, spiegelt die Atmosphäre seines eigenen Heimes wieder und bedeutet die Seele als Symbol seiner inneren Heimstatt.

Jemand mit Saturn in diesem Haus ist womöglich in einer traditionellen Umgebung aufgewachsen. Seine Eltern waren relativ alt, er hatte Schwierigkeiten mit ihnen. Er wird Tiefenarbeit leisten müssen, um seine eigene innere Kraft zu finden. Für eine Person, bei der die Sonne in diesem Zeichen steht, sind ihre Wurzeln überaus wichtig. Sie erinnert sich gerne an die Kindheit, der Vater ist für sie bedeutend. Sie kehrt immer wieder gerne in das Elternhaus zurück. Jemand mit Wassermann im vierten Haus wird ein ideales Heim suchen, jemand mit Krebs in diesem Haus fühlt sich in seinem Zuhause sicher und wie im Mutterleib beschützt.

Das fünfte Haus

ist der Bereich des Spiels. Es gibt Auskunft darüber, wie man sich zu seinem „inneren Kind" verhält. Es ist auch das Haus der Selbstentdeckung und der Kreativität. Es zeigt, wie man sich selbst als ein besonderes und einzigartiges Wesen begreifen kann und wie man in den Augen anderer zu sein glaubt. Es steht für die Sicherheit, die man darin findet, beim anderen Besorgnis zu erwekken. Daher ist es auch das Haus der Liebschaften und der Verführung. In ihm geht es auch um Hobby und Vergnügungen, es ist der Spielplatz für die Schöpfung eines Kunstwerkes, die Gründung einer Beziehung oder die Zeugung eines Kindes. Eine Person mit dem Planeten Saturn im fünften Haus hält Spiel für Ernst und ist unsicher, ob die anderen ihn mögen. In der Liebe ist es möglich, daß er hauptsächlich auf Partner anziehend wirkt, die um einiges älter sind als er. Er erweckt in anderen den Beschützerinstinkt und läßt sich gerne umsorgen. Jemand, der hingegen Venus im fünften Haus hat, kann diese Energie in der Kunst, in Ausstellungen und Konzerten ausdrükken und ist meist sehr verführerisch. Eine Person mit Wassermann in diesem Haus kann recht originelle Leidenschaften haben. Jemand mit Fischen im fünften Haus wird ein großer Liebhaber der Poesie oder des Meeres sein, er ist romantisch und träumerisch in der Liebe.

Das sechste Haus

ist das Haus des täglichen Lebens, der Gesundheit, des Helfens und der Arbeit. Es zeigt, wie eine Person Geist und Psyche in Einklang bringt und was ihr bei der Arbeit wichtig ist. Es gibt Auskunft über ihre Anfälligkeit für Krankheiten und ihre Gewohnheiten.
Ein Mensch mit dem Planeten Uranus in diesem Haus wird sich besser fühlen, wenn er sich seine Arbeitszeit frei einteilen kann, anstatt auf feste Bürozeiten achten zu müssen. Er kann Probleme mit den Nerven haben, und es fällt ihm vielleicht schwer, sich an eine Routine anzupassen. Jemand mit Mond im sechsten Haus arbeitet möglicherweise lieber mit Frauen zusammen, hat starke Energieschwankungen während des Tages, und sein Magen ist der Schwachpunkt seiner Gesundheit. Außerdem verändert er gerne seine Gewohnheiten. Ein Person mit Zwillingen in diesem Haus kann verschiedene Arbeiten gleichzeitig erledigen, und jemand mit Waage wird Wert darauf legen, daß er in einer harmonischen Umgebung arbeitet und juristische oder künstlerische Berufe bevorzugen. In ihnen kann er seine Diplomatie einsetzen, seinen Gerechtigkeitssinn und seine Fähigkeit, mit Menschen umzugehen.

Das siebte Haus

ist der dritte sehr wichtige Winkel im Horoskop, der sogenannte Deszendent. Er liegt dem Aszendenten gegenüber und drückt das Verhältnis des Einzelnen zu seinen Mitmenschen aus oder anders gesagt, er symbolisiert die Beziehung zwischen Ich und Du. Das siebte Haus gibt daher Auskunft über partnerschaftliche Bindungen, die über einen Flirt hinausgehen. Es zeigt, welche Partner für einen Menschen anziehend sind. Oft haben diese einen bestimmten Charakterzug, welcher der Person selber fehlt.
Jemand, der beispielsweise Jungfrau im Aszendenten hat, hat die Fische im siebten Haus. Das bedeutet, daß er Partner attraktiv findet, die träumerisch, idealistisch und im täglichen Leben eher chaotisch sind. Er tut dies, um seine kritische und beobachtende Seite auszugleichen. Hat man hingegen Merkur im siebten Haus so lernt man aus seinen Beziehungen. Für diese wiederum ist das Gespräch eine grundlegende Bedingung. Jemand mit Pluto im siebten Haus wird zu intensiven und leidenschaftlichen Verhältnissen tendieren. Sie bringen ihm zwar Abwechslung, doch es kann in ihnen auch Täuschung, Eifersucht und Verrat geben. Daher muß er lernen, aufrichtig und ehrlich zu sein.

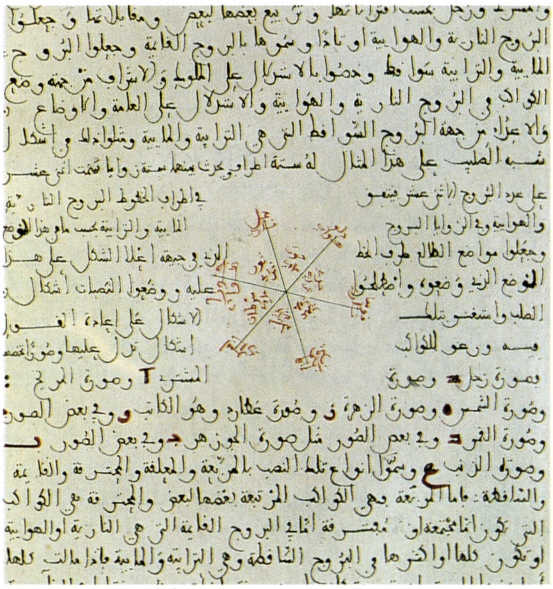

Horoskop der Kreuze in einem arabischen Manuskript.

Das achte Haus

ist einer der komplexesten Bereiche im Horoskop. Es betrifft die Erneuerung, die Vorgänge der inneren Wandlung und die Arten und Weisen der Vereinigung. Bei ihnen geht es darum, das Ich aufzugeben und mit dem Anderen oder dem Kosmos zu verschmelzen. Steht das fünfte Haus für das Liebesspiel und die Verführung und das siebte für die stabile Partnerschaft und die Ehe, so repräsentiert das achte eine intensivere und tiefere Bindung. Es ist das Haus der Sexualität und des Todes, der Magie und der Hexerei, des Unbewußten und der Macht. Zu ihm gehört auch Erbschaft sowie Geld, das man von anderen bekommt, sowie das Bankwesen. Der Trieb nach Besitz ist hier

Astrologisches Motiv in der Kuppel des "Escorial"

stark ausgeprägt und betrifft auch Macht und Ländereien; er muß einer Wandlung unterzogen werden.
Eine Person mit Merkur im achten Haus kann Neugierde für alle tabuisierten Bereiche empfinden. Es ist möglich, daß sie den Beruf des Psychoanalytikers oder Sexualforscher ergreift oder, wegen ihrer Neigung zum Geld, eine Tätigkeit in der Wirtschaft anstrebt. Jemand mit Saturn in diesem Haus kann hingegen große Angst vor dem Tod oder dem sexuellen Ausgeliefertsein haben. Er wird aber normalerweise erst in hohem Alter sterben. Probleme mit Erbschaften sind möglich. Das achte Haus im Zeichen Fische kann bedeuten, daß man Angst hat, zu ertrinken oder bei Bankangelegenheiten oder in anderen finanziellen Dingen Schwierigkeiten zu bekommen. Es kann auch die Unfähigkeit oder Angst bedingen, sich in der Partnerschaft in den anderen hineinzuversetzen. Jemand, der das achte Haus im Skorpion hat, besitzt eine ausgeprägte Fähigkeit sich zu regenerieren. Er wird von Sexualität, Tod und Macht angezogen. Das achte Haus steht in sehr engem Verhältnis zum Zeichen Skorpion.

Das neunte Haus
steht für große Reisen, höheres Wissen, Ethik und Religion. Im Mittelalter durfte nur der Religiöse zu Wissen und Weisheit gelangen. Ein Mensch, der an einer Universität studieren wollte, mußte also zuerst Priester werden und im Kloster leben. Vielleicht liegt es daran, daß die Bereiche des höheren Wissens und der Religion im selben Haus liegen. Das neunte Haus bildet auch den Rahmen für die Suche nach Antworten und den Sinn des Lebens. Die Suche könnte durch eine große Reise, eine Karriere an der Universität oder die Erforschung des eigenen Inneren in Angriff genommen werden. Dieses Haus ist das philosophische. In ihm sucht und findet der Mensch ein ganzheitliches Bild des Lebens.
Eine Person mit Venus in diesem Haus liebt das Wissen. Für sie ist es wichtig, jeden Tag etwas Neues zu lernen. Er ist auf der Suche und geht deshalb auf eine lange mit Hindernissen und Schwierigkeiten behaftete Reise. Jemand mit Widder in diesem Haus kämpft für seine Ideen, er kann seine Mitmenschen philosophisch inspirieren. Eine Person mit Zwillingen im neunten Haus neigt zum Studieren und ist mit Unruhe und Neugierde dabei, seinem Leben Sinn zu geben.

Das zehnte Haus
Das zehnte Haus ist der vierte wichtige Winkel im Horoskop und bildet mit dem vierten Haus die spirituelle Achse. In ihr wird das Immum Coeli mit dem Punkt der höchsten Erhebung, dem Medium Coeli verbunden. Es steht für Ehre, Berufung und den zur Selbstverwirklichung frei gewählten Beruf. Es symbolisiert auch den Bezug des Menschen zu seiner gesellschaftlichen Stellung und repräsentiert die Mutter. Der Planet, der sich in diesem Haus befindet, hat besonders bei ungefähr dreißigjährigen Menschen starken Einfluß, die sich in ihrem Beruf verwirklicht haben. Jemand mit Uranus im zehnten Haus wird zu einem innovativen und ungewöhnlichen Beruf neigen. Die Tätigkeit muß seiner gesellschaftlichen Stellung nicht unbedingt entsprechen. Sie soll vielmehr seine Individualtiät betonen. Eine Person mit Saturn

in diesem Haus kann sehr ehrgeizig sein, wenn es um ihren gesellschaftlichen Status und um ihre Berufung geht. Es besteht jedoch die Furcht, das die Arbeit nicht perfekt erledigt wird. Das Zeichen Fische in diesem Haus deutet auf eine idealistische und hingebungsvolle Berufung hin, und das Zeichen Löwe kann die Notwendigkeit bedeuten, diese auf kreative und leidenschaftliche Art zu realisieren.

Das elfte Haus

ist das Haus der Ideale, der Zukunftspläne und Ziele sowie der Freundschaft, des täglichen Umgangs, der platonischen Beziehungen und der Beziehung des Einzelnen zu Gruppen. Man kann zwar die Familie nicht aussuchen, aber seine Freunde. Freundschaft wird Tag für Tag neu auf einer Basis von Gleichheit und uneigennütziger Hingebung geschaffen.

Jemand mit Neptun im elften Haus ist sehr idealistisch bei seinen Freundschaften. Er sieht bei seinen Freunden nur, was er sehen will. Deshalb wird er immer wieder Enttäuschungen erleben. Eine Person mit Mond in diesem Haus wird viele Freundschaften zu Frauen unterhalten und mütterlich zu seinen Freunden sein. Sie hält Freundschaften aus der Kindheit aufrecht. Jemand mit Jungfrau in diesem Haus ist sehr hilfsbereit zu seinen Freunden, aber manchmal auch zu kritisch. Steht das Zeichen Schütze im elften Haus, ist die Person sehr gesellig und mitteilsam. Sie empfindet es als Bereicherung ihres Lebens, wenn ihre Freunde in guter Stimmung sind.

Das zwölfte Haus

kann als das okkulteste Haus des Horoskops bezeichnet werden. Es symbolisiert das Geheimnis und steht für alles, was unter Verschluß gehalten, eingeschränkt und begrenzt wird. Es ist das Haus des Unbewußten, der Krankenhäuser und Gefängnisse. Bei vielen Planeten in diesem Haus kann ein Mensch Arzt werden oder auch ein chronisch Kranker. Es hängt von seiner Lebenseinstellung und seinen Erfahrungen mit dem Eingesperrtsein ab, was ihm davon wiederfährt.

An sich ist das zwölfte Haus das Szenario des Lebens vor der Geburt. Die Planeten zeigen, was das Kind während der Schwangerschaft von seiner Mutter mitbekommen hat. Steht z. B. Uranus im zwölften Haus, kann das Baby die Nervosität und Unruhe seiner Mutter verinnerlicht haben. Freiheit und Unabhängigkeit werden für eine solche Person im späteren Leben besonders wichtig. Jemand mit Merkur in diesem Haus wird Geheimnisse für sich behalten, neugierig auf okkulte Dinge sein und über das, was sie denkt, schweigen. Jungefrau im zwölften Haus deutet ebenfalls auf okkulte Leidenschaften hin, die aus dem Unbewußten aufsteigen und sich in Träumen äußern.

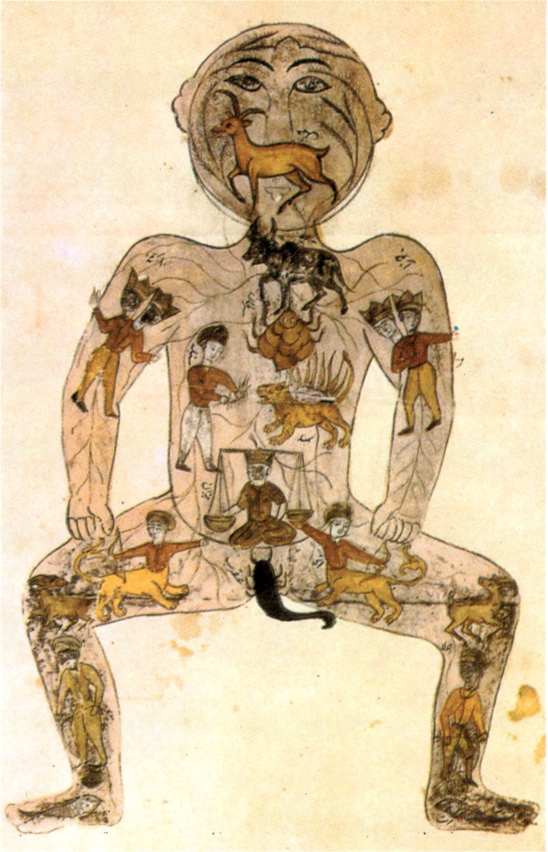

Hinduistische Gravur der Tierkreismedizin.

Die astrologischen Aspekte

Ein Aspekt besteht, wenn zwei Planeten in einem bestimmten Winkel zueinander stehen, also 60°, 90° etc. Es gibt eine Toleranzgrenze für Abweichungen von der Genauigkeit, sie wird als „Orbis“ bezeichnet. Ein Beispiel: Ein Winkelabstand von 100° hat einen Orbis von 10°. Die Genauigkeit einer astrologischen Interpretation hängt von der Genauigkeit des Aspekts ab. Je geringer die Abweichung, desto stärker ist das Zusammenspiel der Einflüsse der aspektierten Planeten. In der Astrologie spricht man von fünf grundlegenden Aspekten: Konjunktion, Sextil, Quadrat, Trigon und Opposition. Es gibt auch noch andere, jedoch weniger relevante Aspekte wie das Halbquadrat, das Halbsextil und das Quinkunx.

Wenn zwei Planeten einen Abstand von 0° haben, spricht man von Konjunktion.

Ein ✷ Sextil entsteht, wenn zwei Planeten in einem Winkel von 60° zueinander stehen.

Im Mittelalter stand die Astrologie hoch in der Gunst der Päpste und Könige. Das Bild links zeigt, wie Friedrich III. von seinem Astronomen Blanchini die "Astrologischen Fabeln" erhält.

Wenn der Abstand zweier Planeten 90° beträgt, wird der Aspekt ■ Quadrat genannt.

Der Aspekt ▲ Trigon entsteht bei einem Winkel von 120°. Der Aspekt der •-• Opposition bezeichnet einen Winkel von 180°. Die Toleranzgrenze (Orbis) liegt bei ungefähr 10°. Für Sonne und Mond werden sogar Abweichungen bis zu 17° toleriert.

Wenn man das Horoskop mit einem großen Theater vergleicht, so sind die astrologischen Häuser die Szenerien, die Planeten die Schauspieler, die Tierkreiszeichen die Rollen und die Aspekte die Handlung beziehungsweise die Beziehungen zwischen den Schauspielern.

In der Antike wurden die Aspekte in gute und schlechte, glückbringende und unheilbringende eingeteilt. Sextil und Trigon wurden als gute Aspekte angesehen, Quadrat, Opposition und einige Konjunktionen als unheilbringend. Jemand der in seinem Horoskop nur Sextile und Trigone hat, führt für gewöhnlich ein angenehmes Leben. Vergleicht man es jedoch mit einem Horoskop mit Quadraten und Oppositionen, so ist es einfacher und mittelmäßiger. Eine solche Existenz wiederum verlangt innere Kraft und Arbeit um, den Schwierigkeiten und Herausforderungen zu begegnen. Es ist ideal, wenn ein Horoskop beide Aspekte beinhaltet. Jemand, der ausschließlich Quadrate und Oppositionen hat, wird möglicherweise ständig gegen Widrigkeiten kämpfen. Sein Leben wird hart sein.

KONJUNKTION

Die Konjunktion ist die Vereinigung von zwei oder mehr planetarischen Einflüssen. Sie enthält große Kraft, denn die verschmolzenen Einflüsse sind in ständiger Aktion. Bei einer Konjunktion im Aszendenten oder ersten Haus kann sie große Energie und Anziehungskraft verleihen.

Ein anschauliches Beispiel ist der Sänger der Gruppe „Rolling Stones“, Mick Jagger. Er hat das Sonnenzeichen Löwe, in seinem Horoskop gibt es viele Planeten, die mit der Sonne in Konjunktion stehen. Er besitzt eine magnetische Anziehungskraft auf die Massen. Wenn er die Bühne betritt, wirkt er elektrisierend auf sein Publikum.

Der Wassermann in einer arabischen Gravur.

SEXTIL ✷

Zwei oder mehr Planeten bilden ein Sextil, wenn sich zwischen ihnen ein Winkel von 60° ergibt. Die beiden Planeten beeinflussen sich gegenseitig positiv und symbolisieren die Fähigkeiten und das Potential eines Menschen. Es kann sein, daß diese Fähigkeiten nicht entwickelt werden. Sie sind dennoch immer latent vorhanden.

Nachdem jedes Sternzeichen im Tierkreis 30° einnimmt, gibt es immer dann Sextile, wenn Planeten im übernächsten Zeichen nach jenem, von dem man ausgeht, stehen. Ein Planet, der sich in 15° Widder befindet, bildet also ein Sextil mit einem Planeten, der in 15° Zwillinge steht. Letzterer formt ein Sextil mit einem Planeten in 15° Löwe, dieser eines mit einem Planeten in 15° Waage. Merkur im Sextil zu Uranus symbolisiert die angeborene Kreativität einer Person.

QUADRAT ■

Wenn zwei oder mehr Planeten in einem Winkel von 90° zueinander stehen, spricht man von einem Quadrat. Das Quadrat ist ein Spannungsaspekt, weil eine Reibung zwischen den beiden Einflüssen besteht. Man kann sich diese Reibung vorstellen als zwei entgegengesetzte Meinungen, die sich beide durchsetzen wollen und sich so gegenseitig behindern. Im Inneren der Person müssen

DAS GROSSE QUADRAT

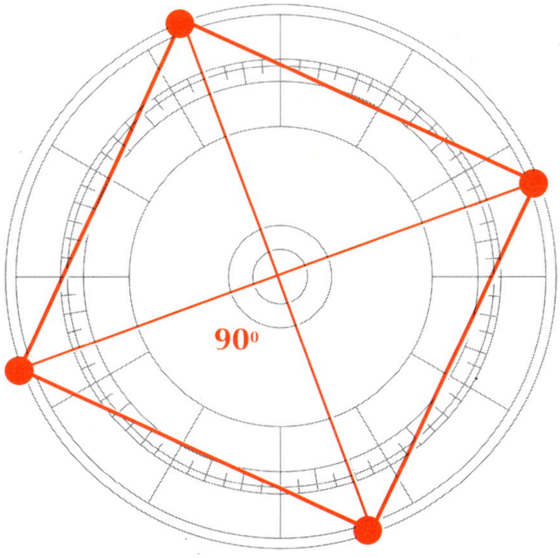

Abbildung des großen Quadrats.

diese Kräfte in Einklang gebracht werden. Die beiden „Meinungen“ müssen aufhören zu streiten. Es ist notwendig, daß sie zu einem Einverständnis gelangen, um zu harmonieren und aus dieser Harmonie etwas Neues zu schaffen. Das Quadrat steht in engem Verhältnis zur Zahl vier und symbolisiert den Schritt von einer Welt in eine andere. Ein Mensch fühlt innerlich die Notwendigkeit, diesen Schritt zu tun.

Hat eine Person z. B. ein Quadrat zwischen Mars und Saturn, wird sie seelische Probleme haben, wenn sie zu impulsiv ist. Daher muß sie lernen, die Einflüsse dieser Planeten zu harmonisieren. Sie muß geduldiger sein und vorsichtig, wenn es darum geht, zu handeln.

Quadrate entstehen zwischen den Elementen Feuer und Erde, also zwischen Stier und Löwe, Jungfrau und Schütze, Steinbock und Widder. Es gibt jedoch auch Quadrate zwischen Luft und Erde, nämlich Zwillinge und Jungfrau, Waage und Steinbock, Wassermann und Stier. Auch zwischen Wasser und Luft können Quadrate entstehen: Hier seien Krebs und Waage, Skorpion und Wassermann, Fische und Zwillinge genannt.

TRIGON ▲

Dieser astrologische Aspekt entsteht, wenn zwischen zwei Planeten ein Winkel von 120° besteht. Er wird als Aspekt des Fließens und, wie das Sextil, als positiver Aspekt betrachtet. Der Trigon ist ein ruhender Aspekt, der ein Potential in sich trägt, das vom Menschen erst aktiviert werden muß. Fehlt jemandem der nötige Antrieb und die Disziplin, um ein bestimmtes Ziel zu erreichen, bleibt die Kraft des Aspekts ungenutzt.

Auf einigen Horoskopen sieht man ein Dreieck, das aus drei verbundenen Trigons besteht. Jeder Planet hat zum nächsten einen

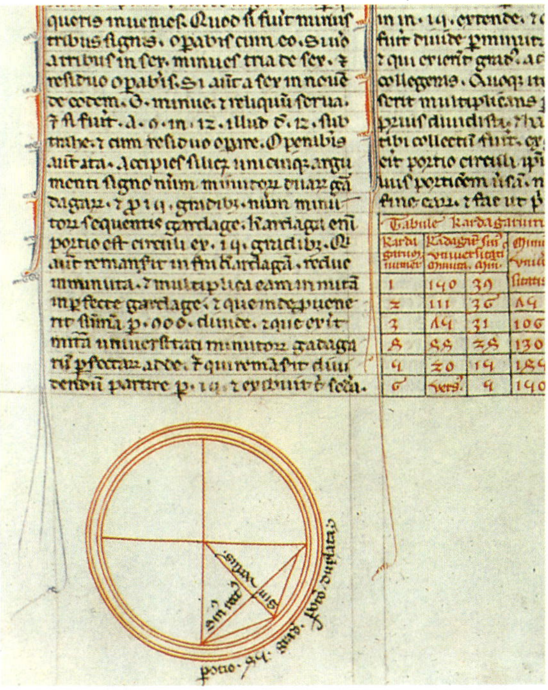

Astronomische Tabellen Alfons des X.

Fresko (15. Jahrhundert): in der oberen Hälfte der Monat April, symbolisiert durch Venus und Mars.

Abstand von 120°. Diese Figur wird „das große Trigon" genannt. Es verbindet gewöhnlich drei Planeten desselben Elements. Das große Feuerquadrat fügt Planeten zusammen, die im Widder, im Löwen und Schützen stehen. Es bedeutet ein großes intuitives Potential, Kraft, Inspiration und Antrieb. Es gibt auch ein großes Trigon mit Planeten in Wasserzeichen (Krebs, Skorpion und Fische). In diesem Fall besitzt die Person große menschliche Fähigkeiten, starkes Einfühlungsvermögen und große Sensibilität im Umgang mit emotionalen Dingen. Und es besteht ein großes Trigon zwischen Planeten in Stier, Jungfrau und Widder. Es weist auf eine starke praktische Veranlagung und eine Bindung an die materielle Welt hin. Hat eine Person schließlich ein großes Trigon zwischen den Luftzei-

DAS GROSSE TRIGON

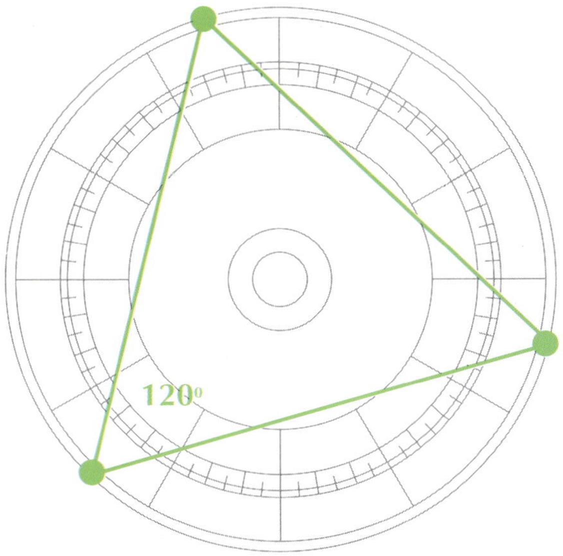

Das große Trigon wird von drei verbundenen Trigonen gebildet.

chen Zwillingen, Wassermann und Waage, so spricht dies für seine ausgeprägten intellektuellen Fähigkeiten sowie für sein Geschick im Umgang mit anderen Menschen.

OPPOSITION ●–●

Wenn zwei Planeten einen Winkel von 180° bilden, stehen sie in Opposition. Wie die Quadratur ist dieser Aspekt ein Spannungsaspekt, nur in anderer Form. Bei der Opposition liegen sich die Planeten gegenüber. Beide müssen ein Gleichgewicht halten, ohne daß der eine stärker als der andere wird. Eine Opposition zeigt immer einen Weg, der geradeaus geht, bei dem das Gleichgewicht zwischen zwei Richtungen gefunden werden muß. Weist ein Horoskop keine Oppositionen auf, kann es sein, daß die Person nicht weiß, wohin sie gehen soll. Besteht in einem Horoskop aber eine Opposition zwischen Mars im ersten Haus und Merkur im siebten Haus, so muß eine Harmonisierung erfolgen. Um mit ihren Mitmenschen zurechtzukommen, ist es für die betreffende Person notwendig, ihre körperliche Impulsivität (Mars) und ihre Fähigkeit zu Gespräch und Widerspruch (Merkur) in Einklang zu bringen. Sie muß also Taten mit Worten ausgleichen, und dies bestimmt ihren Lebensweg. Ein solcher Mensch wird sich dieser Herausforderung jedesmal aufs Neue stellen müssen, wenn er eine Beziehung eingeht.

In zwischenmenschlichen Beziehungen lassen sich Oppositionen besonders gut erkennen, vor allem, wenn ein Planet zum Handeln drängt und der andere die Projektion auf die Mitmenschen bewirkt.

DAS T-KREUZ

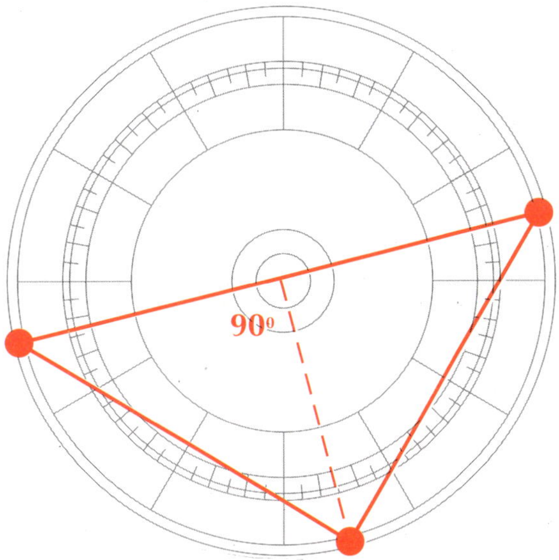

Das T-Kreuz wird von einer Opposition zweier Quadrate gebildet.

ب تزعم انهم لا يمطرون بنوء الدبران الا وسنتهم مجدبة وهذه صورته

كبة التوامين

ه ثمانية عشر كوكبا من الصورة
خارج الصورة وهي صورة انسانين
لى الشمال وارجلهما الى الجنوب
وقد اختلط كواكب احدهما بكواكب
ب تسمى الاثنين النيرين على راسيهما
سوطة واللذين على ثديي التوام الثاني
قد روى ان احدهما هو الميسان
زر واللذين على قدم التوام المقدم
ه البخاتي وهذه صورتهما

كوكبة السرطان

كواكبه تسعة كواكب من الصورة واربعة
خارج الصورة والعرب تسمي الكوكب النير
منها النثرة واسم الكوكبين التاليين للنثرة
الحمارين والكوكب النير والذي على الرجل المؤخرة الجنوبية
الطرف وهذه صورته

Die astrologischen Transite

Das Geburtshoroskop bleibt ein Leben lang dasselbe. In ihm zeigt sich das Potential, d. h. die Anlagen einer Person. Die Planeten aber bewegen sich weiter und bringen über äußere Einwirkungen Veränderungen ins Leben. Wenn sie Konjunktionen und Oppositionen eingehen während sie das Horoskop durchlaufen, geschehen wichtige Ereignisse und oft einschneidende Veränderungen. Der Mond durchläuft das Horoskop in 28 Tagen und wird eher mit täglichen und einzelnen Ereignissen in Verbindung gebracht. Die Sonne durchläuft es in 360 Tagen und hat mit allgemeineren Aspekten zu tun. Auch Merkur, Venus und Mars stehen in jedem Haus nur eine relativ kurze Zeit. Die wirklich bedeutenden Transite sind jedoch die der langsamen und transpersonalen Planeten, die um einiges länger in einem Haus verweilen. Diese universellen Übergängebegründen lebensbestimmende kosmische Zyklen, die für alle Menschen bedeutsame Etappen darstellen.

Arabische Miniatur aus dem Buch "Die Wunder der Schöpfung": Darstellung der drei Tierkreiszeichen Stier, Zwillinge und Krebs.

Die Zyklen der langsamen Planeten

Im Alter von sieben Jahren steht Saturn bei jedem Menschen in einem 90°-Aspekt des Quadrats zum Saturn im Geburtshoroskop. Diese Stellung fällt zusammen mit der Entwicklung der zweiten Zähne und dem „Kauen", der Verarbeitung der frühen Lebenserfahrungen, die das Kind schon hinter sich gebracht hat: Es durchlebte bereits den Ödipus-Komplex und seine Phantasien und Ängste gegenüber der väterlichen Autorität. Im Alter von zwölf Jahren geht der Jupiter im Transit eine Konjunktion zum Jupiter im Geburtshoroskop ein und provoziert die hormonellen und körperlichen Veränderungen der Pubertät. Im Alter von 14 Jahren steht Saturn in Opposition zum Saturn des Geburtshoroskops und Uranus im Sextil mit seiner Ausgangsstellung. Dies entspricht im Leben des Heranwachsenden der Opposition gegenüber den Autoritätspersonen, den Eltern. Mit 21 Jahren steht Saturn zum zweiten Mal mit seiner Ausgangsposition im Quadrat, genauso wie Uranus. Diese Zeit ist normalerweise mit Krisen durchsetzt, in denen der Mensch Lebensgrundsätze verwirft, die ihm zwar Sicherheit verliehen haben ihm aber dennoch nicht mehr als seine eigenen erscheinen.

Es kann einen Wechsel in der beruflichen Orientierung oder verfrühte Heiraten geben. Der junge Mensch muß vielleicht kämpfen, um eine Arbeit zu finden, streitet sich mit den Eltern und verändert sich körperlich. Im Alter von 24 Jahren geht Jupiter erneut eine Konjunktion mit dem Jupiter im Geburtshoroskop ein. Dies ist mit einer Periode des innerlichen Wachsens und der Zunahme der Vitalität verbunden. Mit 29 Jahren steht Saturn in Konjunktion zu seiner Ausgangsstellung; er nimmt wieder genau die Stelle ein, an der er bei der Geburt stand. Dieser Übergang wird „die erste Wiederkehr des Saturnus" genannt. Er stellt den Beginn einer wichtigen und kritischen Zeit dar. Man zieht Bilanz und denkt darüber nach, was man erreicht hat und was nicht, was einem noch fehlt und ob man zufrieden ist. Viele Menschen gehen in dieser Zeit eine Ehe ein oder lassen sich scheiden. Viele beschließen, Kinder zu bekommen oder ihren Beruf zugunsten einer befriedigenderen Tätigkeit zu wechseln. Mit 33 Jahren schließlich kommt der Mensch in ein besonders bedeutsames Alter, das „Sonnenalter" genannt wird. Hier verfügt er über die maximale Lebenskraft. Er steht vor Entscheidungen, die sein weiteres Leben nachhaltig beeinflussen werden. 33 Jahre ist auch das Alter Christi. Dieser Lebensabschnitt ist für die gesamte Existenz bedeutsam, sowohl im Bereich der Beziehungen als auch in beruflicher Hinsicht. Jetzt kann er am ehesten seine Bestimmung und seine Lebensziele verwirklichen, um ganz er selbst zu sein. Im Alter von 35 Jahren können zum Teil heftige Krisen auftauchen, denn Saturn bildet ein Quadrat zur Ausgangsposition und Jupiter ebenfalls. Die wirklich schwere Krise aber klopft bei einem Alter zwischen 40 und 42 Jahren an die Tür, nämlich die sogenannte Midlife-crisis. Der Mensch hat hier ein letztes Mal die Möglichkeit, sich zu befreien und er selbst zu sein. Er öffnet sich dem Leben und entwickelt eine neue Aktivität. Diese Zeit ist typisch für Scheidungen, das Tragen gewagter Kleidung und der Suche nach romantischen Abenteuern. Viele haben Angst vor der Veränderung, begnügen sich mit einer Haltung der passiven Unterordnung und akzeptieren die Dinge so, wie sie sind. Gerade Menschen, die stark an Traditionen und Verhaltensmustern kleben, werden in dieser Zeit Probleme haben. Das wichtigste ist jetzt, sich den Veränderungen zu öffnen. Viele Männer und Frauen suchen nun neue Herausforderungen. Sie beginnen neue Partnerschaften, wenn sie ihre eigene nicht mehr befriedigend finden. Viele wechseln ihren Arbeitsplatz und streben nach einer kreativen Tätigkeit. In diesem Lebensalter finden wichtige Planetenübergänge statt: Uranus steht in Opposition zum Uranus der Geburtsstunde, und Neptun befindet sich mit seiner Ausgangsstellung im Quadrat. Jupiter und Saturn stehen beide in Opposition zu ihrer Position im Geburtshoroskop.

Zwischen 48 und 56 Jahren erntet der Mensch, was er im Leben gesät hat und tritt in ein drittes Lebensstadium, das Alter der Reife. Eine neue Lebensphilosophie wird gefunden. Jupiter steht in Konjunktion zu seiner Ausgangsposition. Im Alter zwischen 40 und 50 Jahren befindet sich Pluto im Quadrat zu Pluto im Geburtshoroskop und „räumt auf": Er versucht, alles Alte und Überflüssige aus dem Leben zu verbannen. Saturn ist jetzt im Quadrat.

Zwischen 56 und 63 Jahren beginnt eine andere Etappe, in der der Mensch sich vervollkommnet. Er geht auf das Rentenalter zu, und seine Lebenseinstellung verändert sich aufs neue. Menschen, die vorher nur für ihre Arbeit gelebt haben, können ins Leere fallen, wenn sie nicht neue Interessen entwickeln. Uranus steht im Trigon mit Saturn, Saturn in Konjunktion mit Saturn im Geburtshoroskop und Jupiter in Konjunktion mit Saturn.

Im Alter zwischen 63 und 80 Jahren gibt es ein neues Quadrat Uranus zu Uranus. Saturn steht erst in Opposition zur Ausgangsstellung, dann in Opposition zu Saturn. Jupiter geht eine Konjunktion zu Jupiter im Geburtshoroskop ein. In dieser Zeit verliert der Mensch viele Freunde auf seinem Lebensweg, der Tod wird ihm bewußter. Er denkt an die Vergangenheit zurück und begreift die Existenz in seiner ganzen Bedeutung.

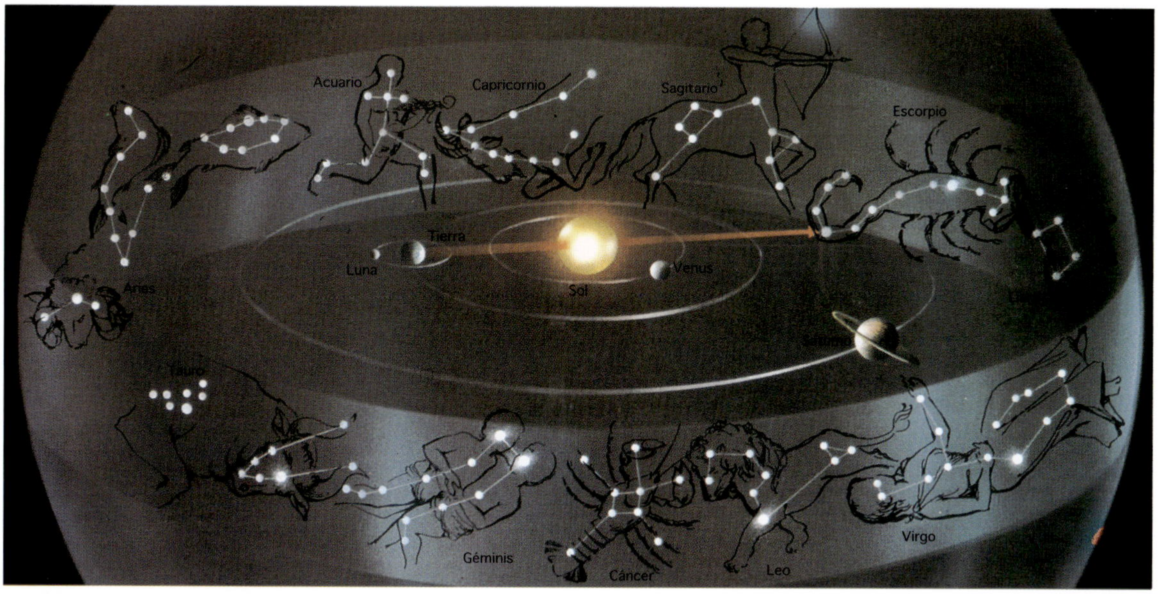

Darstellung der Himmelswölbung mit den Tierkreiszeichen

Verhalten der Planeten im Transit

Die Sonne: Wie eine Laterne beleuchtet sie Monat für Monat jede Szene des Horoskopes. Sie gibt den Planeten, die sich darin befinden, ihr Licht und aktiviert die Aspekte und Ereignisse. Wenn die Sonne z. B. ins siebte Haus wandert, belebt sie zwischenmenschliche Beziehungen und Partnerschaften.

Der Mond: Er bewegt sich sehr schnell und aktiviert die Gefühlsebene. Er hat Einfluß auf die täglichen Ereignisse: zufällige Begegnungen, Schulden, Ernährung, Gefühle. Sie lösen in uns bestimmte Wirkungen aus. Wichtig ist vor allem der Neumond. Er bedeutet, daß der Mond in Konjunktion zur Sonne steht. Seine Position kann bereits Aufschluß darüber geben, wie der kommende Monat werden wird. Steht der Neumond beispielsweise im sechsten Haus, kann in diesem Monat etwas besonders Wichtiges im Bereich Arbeit oder Gesundheit stattfinden. Bei Vollmond, wenn die Sonne in Opposition zum Mond steht, kann man im entsprechenden Lebensbereich besonders viele Dinge sehen, vorausgesetzt man ist aufmerksam und empfänglich.

Merkur: In seinem Transit aktiviert er Kommunikation und Kontakte. Durchläuft er z. B. das neunte Haus, so kann er Fragen im Hinblick auf Universitätsstudium, Reisen oder Menschen aus anderen Ländern aufwerfen.

Venus: Sie bringt Freude, Harmonie und Entspannung in ihrem Übergang. Sie ermöglicht auch angenehme und verführerische Erfahrungen.

Mars: Sein Transit durch ein astrologisches Haus setzt Vieles in Bewegung, aktiviert und verleiht Energie. Er kann aber auch Ungeduld und Verärgerung bringen. Durchläuft Mars das erste Haus, verleiht er einem ruhigeren Menschen Impulsivität und Handlungsbereitschaft. Es gibt möglicherweise Streit, man kämpft für etwas oder geht eine persönliche Angelegenheit entschlossen an.

Jupiter: Er vergrößert, verstärkt und läßt gewähren. Er schützt den Menschen und öffnet die Tür für neue Pläne und Verbesserungen. Exzesse und Kontrollverlust sind möglich und können Probleme schaffen. Durchläuft Jupiter z. B. das siebte Haus und geht dort eine Konjunktion mit Venus ein, so ist dies ein Zeichen für Glück in der Partnerschaft: Eine Person kann mit ihrem Partner glückliche und freudige Momente erleben, die ihrem Leben einen neuen Sinn verleihen. Es ist jedoch auch möglich, daß sie eine neue Beziehung eingeht. Auch dies kann ihr Freude und persönliches Wachstum bringen. Was sich davon ereignet hängt, von ihr selbst und ihren Lebensumständen ab. Wenn sie sich mit ihrem Partner gut versteht, wird sie mit ihm wachsen und sich weiterentwickeln. Jupiter steht während zwölf Jahren in den verschiedenen Häusern des gesamten Horoskopes. Er bringt Verstärkung und Motivation in jedem Haus, er vergrößert die Energie eines jeden Planeten, zu dem er Aspekte eingeht.

Saturn: Die Wirkungen seiner Übergänge sind verzögernd und verlangsamend. Er bringt Hindernisse und Probleme. Man wird dadurch realistischer, setzt sich auseinander und findet neue Wege. Der Planet kann aber auch festigend wirken. Viele Menschen heiraten z. B. in einer Phase des Saturn-Transits im siebten Haus, wo er die Kompromiß- und Teilungsbereitschaft und gefühlsmäßige Stabilisierung fördert. Als weiteres Beispiel für die Wirkung des Saturnus sei das eines Menschen genannt, der sich nie besonders um seine Gesundheit und seine Lebensweise Gedanken gemacht hat. Als Saturn sich im Gang durch das nächste Haus befand, bekam er starke Schmerzen in der Schulter. Daraus lernte er, sich auch um diese – vernachlässigte – Seite in seinem Leben zu kümmern. Er ging zu Ärzten, begann seine Schlaf- und Ernährungsgewohnheiten zu ändern, hörte auf zu rauchen und begann Sport zu treiben. Sein Leben veränderte sich zum Positiven.

Saturn benötigt ca. 28 Jahre, um einmal das gesamte Horoskop zu durchlaufen. Er ist verbunden mit den Erneuerungsphasen, die alle 7 Jahre stattfinden. Man bekommt in ihnen die Gelegenheit, sein Leben zu ändern und seelisch zu wachsen. Saturn besetzt einen hochsensiblen Bereich im Horoskop. Seine Gegenwart zeigt, an welchen Stellen man in der Abwehr ist und sich dünnhäutig zeigt.

Saturn bringt in jedem Haus, in dem er sich aufhält, die Möglichkeit, sich durch Arbeit zu verändern. Man muß dabei aber geduldig vorgehen.

Uranus: Sein Gang durch ein astrologisches Haus verursacht plötzliche Veränderungen, revolutioniert und beschleunigt. Er bringt das Unvorhersehbare und die Erneuerung. Uranus symbolisiert die Entdeckung der Freiheit und Einzigartigkeit. Er versetzt den Menschen in einen Unruhezustand. Die Wirkung des Uranus kann sich in der Unzufriedenheit mit gegebenen Situationen äußern. Sie kann dazu führen, daß man sich von Zwängen oder alten Konventionen befreit. Vor allem im Fall des Erwachsenwerdens findet durch den Einfluß des Planeten eine Bewußtseinsveränderung statt.

Neptun: In seinem Transit hat er die Wirkung, Grenzen aufzulösen, den Menschen zu sensibilisieren und zu spiritualisieren. An sich bedeutet er die Verantwortlichkeit für die eigene Freiheit, er kann aber auch zu Träumerei, Weltflucht und Selbsttäuschung führen. Er löst Strukturen auf und reinigt, damit die Grenzen, die in jedem Haus bestehen, überschritten werden können. Ein gesamter Zyklus des Neptun dauert 164 Jahre, doppelt so lange wie der von Uranus. Diese beiden Planeten sind eng miteinander verbunden. Um ein weiteres anschauliches Beispiel zu nennen: Ein Mensch hatte einen Verwalter, der sich um sein gesamtes Vermögen kümmerte und dem er alles Vertrauen entgegenbrachte. Als Neptun sich im Transit durch sein zweites Haus befand, stellte er plötzlich fest, daß sein Vermögen um einiges geringer war als er geglaubt hatte. Er war von dem Verwalter jahrelang betrogen worden. Es kam dem Menschen vor, als hätte er die ganze Zeit auf einer Wolke gelebt. Ihm gingen mit einem Mal die Augen auf. Er erkannte vieles, was er vorher einfach übersehen hatte. Nach diesem lehrreichen Zwischenfall kümmerte er sich wieder selbst um die Verwaltung seiner Güter, brachte Ordnung in seine Angelegenheiten und übernahm selbst die Verantwortung dafür.

Pluto: Sein Gang durch die astrologischen Häuser bringt Verborgenes an die Oberfläche, er wandelt um und macht neu. Mit ihm enden alte Lebens-

Die Planeten des Tierkreises (arabische Miniatur).

weisen. Man erneuert und regeneriert sich. Der Zyklus von Pluto ist sehr langsam. Pluto braucht 250 Jahre, um einmal den gesamten Tierkreis zu durchwandern. Daher kann er sich im Horoskop eines Menschen nie in allen zwölf Häusern aufhalten. Es ist daher um so wichtiger, zu beobachten, in welchen Häusern sich dieser mächtige Planet befindet. Er kann zwischen 12 und 35 Jahre lang in einem Tierkreiszeichen verweilen. Das Zeichen, in dem er sich aufhält, symbolisiert den Lebensstil einer ganzen Generation. Doch dann begann sie, Verantwortung für ihr eigenes Leben zu übernehmen. Sie konzentrierte sich auf Lebensbereiche, die sie wegen ihrer Ehe vernachlässigt hatte, wie z. B. ihren Beruf. Sie nahm sogar einschneidende Veränderungen an ihrem Äußeren vor. Sie unterzog sich einem schönheitschirurgischen Eingriff, um sich in ihrem Körper und als Frau wohler zu fühlen. Als sie erfuhr, daß ihr Ehemann sie seit langem betrogen hatte, fühlte sie sich so verraten, daß ihre Ehe für sie gestorben war. Sie entschied sich dafür, ihr eigenes Leben zu leben.

Auf der Ebene der Generationen haben die Planetenübergänge Plutos große und universelle Bedeutung. 1913 wurde Pluto im Zeichen Krebs entdeckt, wo er bis 1938 verweilte. Die Position in diesem Zeichen ist bedeutsam, da der Erste Weltkrieg hereinbrach, in dem viele Menschen ihr Heim verloren. Das Zeichen Krebs steht, wie wir bereits erfahren haben, für Heim und Herd. Zwischen 1938 und 1957 befand sich Pluto im Zeichen Löwe. In dieser Zeit wurden neue Staaten gegründet und konsolidiert. Viele diktatorische Regime entstanden. Von 1957 bis 1971 verweilte Pluto im Zeichen Jungfrau. Diese Epoche war eine Blütezeit der Arbeit und Industrie. Zwischen 1971 und 1983 stand Pluto im Zeichen Waage. In diese Zeit fiel die Hippie-Bewegung, deren Motto Liebe, Frieden und Brüderlichkeit war. Solche Themen sind charakteristisch für das Sternzeichen Waage. Von 1984 bis 1995 befand sich Pluto im Zeichen Skorpion, dem Zeichen von Sexualität und Tod. Erstaunlicherweise wurden zeitgleich mit seinem Eintritt in dieses Zeichen die ersten AIDS-Fälle bekannt. Sie hat seitdem sehr viele Opfer gefordert hat. Von 1995 bis 2010 wird Pluto das Zeichen Schütze durchlaufen. Es ist noch zu früh, um die Auswirkungen zu beurteilen. Man konnte aber bereits feststellen, daß mit dem Eintritt Plutos in dieses Zeichen allerhand Betrügereien ans Licht kamen, vor allem im Bereich der Jusitz, der Politik und der Finanzen. Der Schütze steht für Gesetz und Wahrheit. Er könnte auch Revolutionen auf dem Gebiet der Ideologien, der Hochschulstudien und der Philosophie hervorbringen. Daß der Transit Plutos durch dieses Zeichen die Welt verändert, ist nicht unwahrscheinlich. Es könnte eine kosmische Vereinigung der Nationen geben, die die Barrieren der Rasse, der Sprache und der Kultur überwindet. Die Zeit wird es zeigen.

VIRGO

Die Interpretation

Ein Horoskop wird selbstverständlich im Hinblick auf die Interpretation erstellt, auch wenn man auf dem Weg dorthin zunächst analytisch vorgehen muß. Finden sich in einem Horoskop viele Spannungsaspekte – diese werden mittels roter Linien gekennzeichnet –, so sehen wir uns vor einem dynamischen und sicher auch konfliktgeladenen Leben. Bei vielen fließenden Aspekten – grüne Linien –, ist das Leben einer Person einfacher und bequemer, aber vielleicht auch mittelmäßiger. Dies hängt davon ab, auf welche Weise man mit seinen Energien umgeht. Auch Planetentransite spielen eine große Rolle. Befindet sich die Mehrzahl der Planeten in der rechten Horoskophälfte (Haus 4 bis 10), dann ist das Leben eine ständige Begegnung mit den anderen, und es eröffnen sich stets günstige Gelegenheiten. Stehen die meisten Planeten hingegen in der linken Horoskophälfte, also in den Häusern 10 bis 3, ist der betreffende Mensch individualistisch. Er muß sein Schicksal selbst in die Hand nehmen. Liegen andererseits die meisten Planeten oberhalb der Horizontlinie (Haus 7, 8, 9, 10, 11, 12), ist man extrovertierter als wenn, in die meisten Planeten unterhalb dieser Linie liegen. Sind die Planeten bei einer Person über viele Häuser verteilt, so hat sie viele verschiedene Interessen. Jemand mit Planetengruppen in Häusern ist hingegen eher spezialisiert. Eine gute Möglichkeit, um mit der Deutung von Horoskopen zu beginnen, ist vielleicht die, sich erst einmal das eigene Horoskop vorzunehmen. Danach kann man anfangen, die Horoskope von Freunden und Bekannten zu analysieren, um später auch Horoskope von unbekannten Personen zu deuten. Bei der Interpretation muß immer versucht werden, keine persönlichen Eigenschaften in fremde Horoskope hineinzuinterpretieren. Am besten ist es, zuerst das Horoskop zu interpretieren und danach ein Gespräch mit der betreffenden Person zu führen. Man kann zum Beispiel mit den Sonnenaspekten beginnen und der Person helfen, sich ihr Leben bewußt zu machen. So wird sie sich darüber klar, wie sie die planetarischen Energien nutzt. Eine weitere Möglichkeit besteht darin, Zukunftsdeutungen einfließen zu lassen. Hier ist aber größte Vorsicht geboten. Negatives sollte auf jeden Fall vermieden werden, und alle Suggestionen dürfen nur in konstruktiver Absicht geschehen. Vorsicht bei Vorhersagen von Todesfällen und Unfällen. Diese Energien darf man nicht wecken! Auch sollte man darauf achten, keine subjektive Kritik einfließen zu lassen. Es ist z. B. nicht gut, Skorpione negativ zu beurteilen, nur weil man selbst vielleicht einmal schlechte Erfahrungen mit Skorpion-Geborenen gemacht hat.
Als Beispiele für mögliche Interpretationen haben wir einige Geburtshoroskope berühmter Persönlichkeiten analysiert.

Ausschnitt der Kuppel der alten Universitätsbibliothek in Salemarca, der das Himmelszelt mit den Planeten und den Tierkreiszeichen zeigt.

GEBURTSHOROSKOP VON MARLON BRANDO

Mit Widder als Sonnenzeichen und Skorpion im Aszendent ist er vielleicht einer der charismatischsten, anziehendsten und beeindruckendsten Schauspieler aller Zeiten. Marlon Brando hat eine starke männliche Ausstrahlung. Dies heben die beiden Zeichen hervor. Jupiter im Aszendenten betont seine korpulente Erscheinung.
Man sieht ein großes Trigon der Feuerzeichen zwischen Neptun und Löwe im neunten Haus, Jupiter im Zeichen Schütze und eine Konjunktion von Sonne und Mond im Zeichen Widder im fünften Haus. Die Position der Sonne im fünften Haus ist typisch für Künstler und Schauspieler.
Uranus im vierten Haus spiegelt die Neigung des Schauspielers zu wechselnden Wohnorten und ewiger Wanderschaft wieder. Eine solche Anziehungskraft wird durch Neptun im neunten Haus angezeigt. Er hatte turbulente Partnerschaften. Dies wird von Pluto im achten Haus verstärkt.
Unter der Horoskopzeichnung sind die Transite angegeben. Sie stehen mit den tragischen Vorfällen in Zusammenhang, die sich in den letzten fünf Jahren im Leben seiner Kinder ereignet haben.
a) Am 16. Mai 1990, gab Christian Brando auf Dag Drollet, den Partner seiner Halbschwester Cheyenne, einen tödlichen Schuß ab. An diesem Tag wurde der Planet Mars von dem Transit des Planeten Neptun und Uranus aktiviert. Der Mars beherrscht bei Marlon Brando das fünfte Haus der Kinder. Es öffnet sich im Zeichen des Widder. Auch die Opposition zu Pluto wurde aktiviert und in Bewegung versetzt. Dieser Planet befindet sich im Geburtshoroskop im achten Haus, im Haus des Todes. Außerdem wurde Pluto durch den Übergang des Jupiter mit einer Konjunktion aktiviert. Diese starke planetarische Energie bewirkt, daß etwas Unvorhergesehenes und Verwirrendes eintritt. Die Konjunktion von Mars, Neptun und Uranus spricht dafür, daß dieses Ereignis mit den Kindern zu tun hat. Der Aspekt im Geburtshoroskop von Mars in Opposition zu Pluto im achten Haus ist schon an sich recht schwierig und beinhaltet ein gewaltiges Potential. Das Verhältnis des Schauspielers zu seinen Kindern muß recht kompliziert gewesen sein, zum einen wegen seiner eigenen Geschichte und zum anderen durch eine große unbewußte Belastung.
In dieser Zeit nun verstärkte Mars im Transit den Uranus des Geburtshoroskops im vierten Haus. Ein gewaltiger Einfluß dieser Planeten auf das Szenario der Familie war das Resulat, er löste das Unerwartete aus. Auf der anderen Seite aktivierte Venus im Übergang Sonne und Mond im fünften Haus des Geburtshoroskops und mobilisierte das Quadrat zu Pluto. In dieser Nacht hatte Christian mit seiner Halbschwester gemeinsam ge-gessen und war glücklich darüber, daß sie sich wieder besser verstanden. Als er sie aber von Dag Drollet sprechen hörte, den er haßte und von dem sie ein Kind erwartete, schlug seine Stimmung um. Er glaubte sogar, daß ihr Partner sie schlug. Er ging in den Billardraum, in dem Dag sich aufhielt. Um halb elf Uhr nachts hörte man einen Schuß.
b) Die Planetenübergänge am 16. April 1995, dem Tag, an dem seine Tochter sich in ihrem Zimmer erhängte, waren ebenfalls sehr bedeutsam. Mars, sein persönlicher Planet, stand in Konjunktion mit Neptun im neunten Haus. Venus aktivierte den Planeten Uranus. Sie hielt sich gemeinsam mit Saturn im vierten Haus auf. Cheyenne hatte eine depressive Phase mit mehreren Gerichtsverfahren, einem Klinikaufenthalt und einem Selbstmordversuch hinter sich. Nachdem ihr Bruder nach Teihotu gegangen war – die Familie feierte gerade Ostern –, schloß sie sich zu Hause ein und erhängte sich. Der Aspekt Venus-Saturn-Uranus bringt die Notwendigkeit mit sich, sich von einer gefühlsmäßigen Last zu befreien.
Marlon Brando hatte in dieser Zeit einen Transit von Pluto in seinem Aszendenten. Dies spricht für einen sehr harten Prozeß von Tod und Wiedergeburt. Als er vom tragischen Tod seiner Tochter hörte, mußte er als Notfall in ein Krankenhaus eingeliefert werden. Sein Sohn kam kurz darauf aus dem Gefängnis frei. Er hatte eine Haftstrafe von fünf Jahren verbüßt.

GEBURTSHOROSKOP

Name: *Marlon Brando*

Geburtsdatum: *3. April 1924* Geburtsstunde: *22.37 h*

Geburtsort: *Omaha, Nebraska (USA)* Greenwich-Zeit:

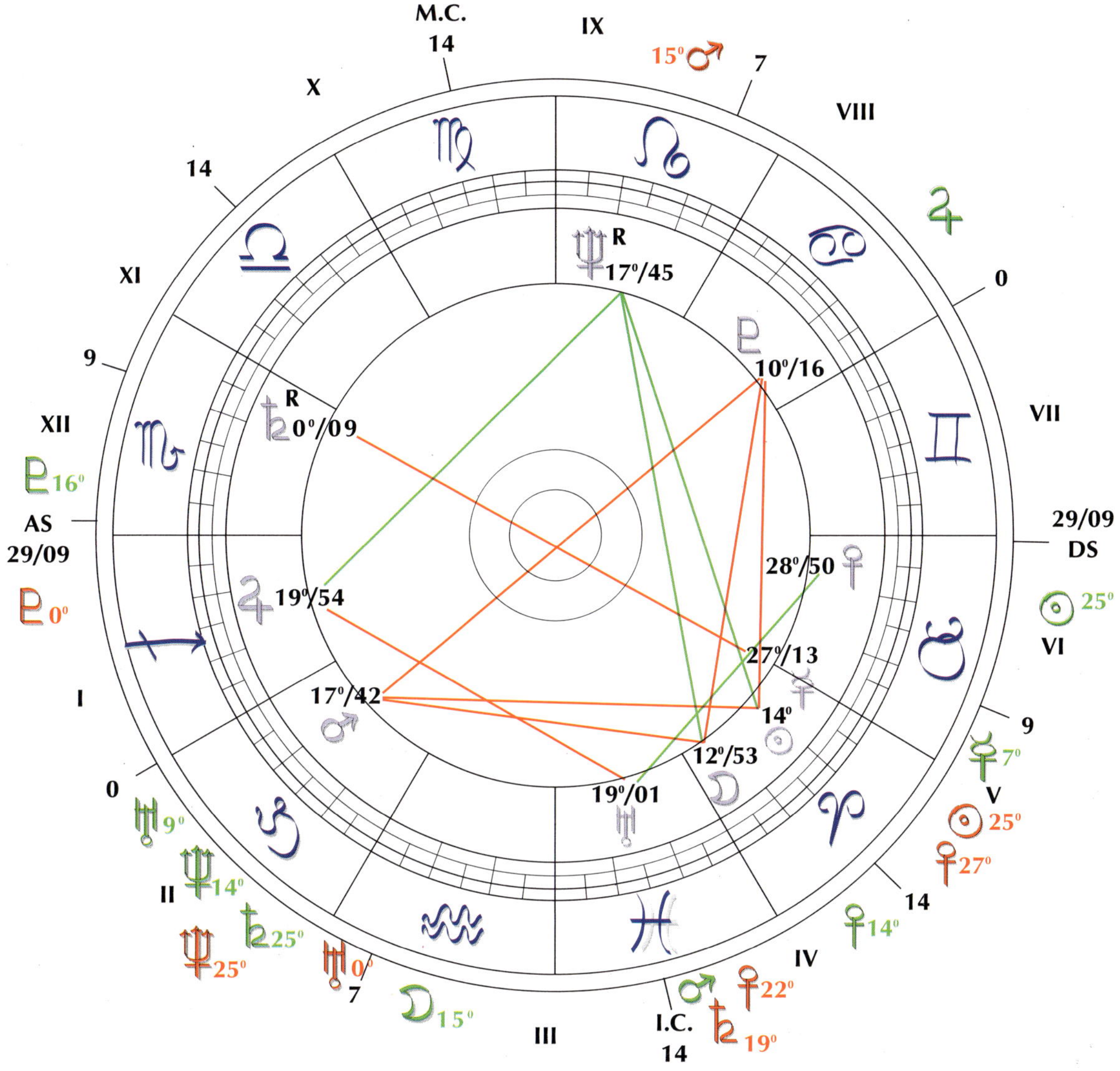

A Planetenübergänge am 16. Mai 1990, als Christian Brando den Partner seiner Schwester Cheyenne erschoß.

B Planetenübergänge am 16. April 1995, dem Tag des Selbstmordes seiner Tochter Cheyenne.

GEBURTSHOROSKOP VON SALVADOR DALÍ

Stier im Sonnenzeichen und Löwe im Aszendenten sprechen für Dalis sensitive, künstlerische und kreative Natur. Es ist auffällig, daß alle Planeten außer Uranus oberhalb der Horizontlinie im Horoskop liegen. Wichtig ist, daß das Uranus als einziger in der unteren Hälfte liegt. Er steht im fünften Haus der Kreativität und zeigt, daß Dalís große Originalität und Erfindungsgabe grundlegend für seine revolutionäre Erscheinung und sein Auftreten waren. Der Maler war extravagant und liebte es Aufsehen zu erregen.

Durch den Einfluß des Planeten Uranus, der ein Trigon mit dem Mond bildet und die Phantasie anregt, besaß sie aber auch grundlegend erneuernde Züge.

Erstaunlicherweise läßt sich die Ehe Dalís mit Gala an der Position von Venus im neunten Haus und der Position von Saturn im siebten Haus gut nachvollziehen. Sie war Ausländerin und um einiges älter als er. Man sagt, sie hätte sich um alle praktischen Dinge gekümmert und die Verantwortung übernommen.

Obwohl in seinem Horoskop vier Planeten im Element Erde stehen, ist es möglich, daß er dieses Element vor allem in der Kreativität und im schöpferischen Akt verwirklicht hat.

Pluto und Neptun im elften Haus zeigen eine komplexe Beziehung zu Freunden und zur Familie - Pluto ist der Herrscher seines vierten Hauses, seines ursprünglichen Heims. In der Tat hatte er eine enge Bindung zu seinem Vater und zu dem Schriftsteller García Lorca. Der Maler stand auch in engem Kontakt zur Generation der surrealistischen Künstler seiner Epoche.

GEBURTSHOROSKOP

Name: *Salvador Dali*

Geburtsdatum: *13 Mai 1904* Geburtsstunde:

Geburtsort: *Figueras, Gerona* Greenwich-Zeit: *11 a. m.*

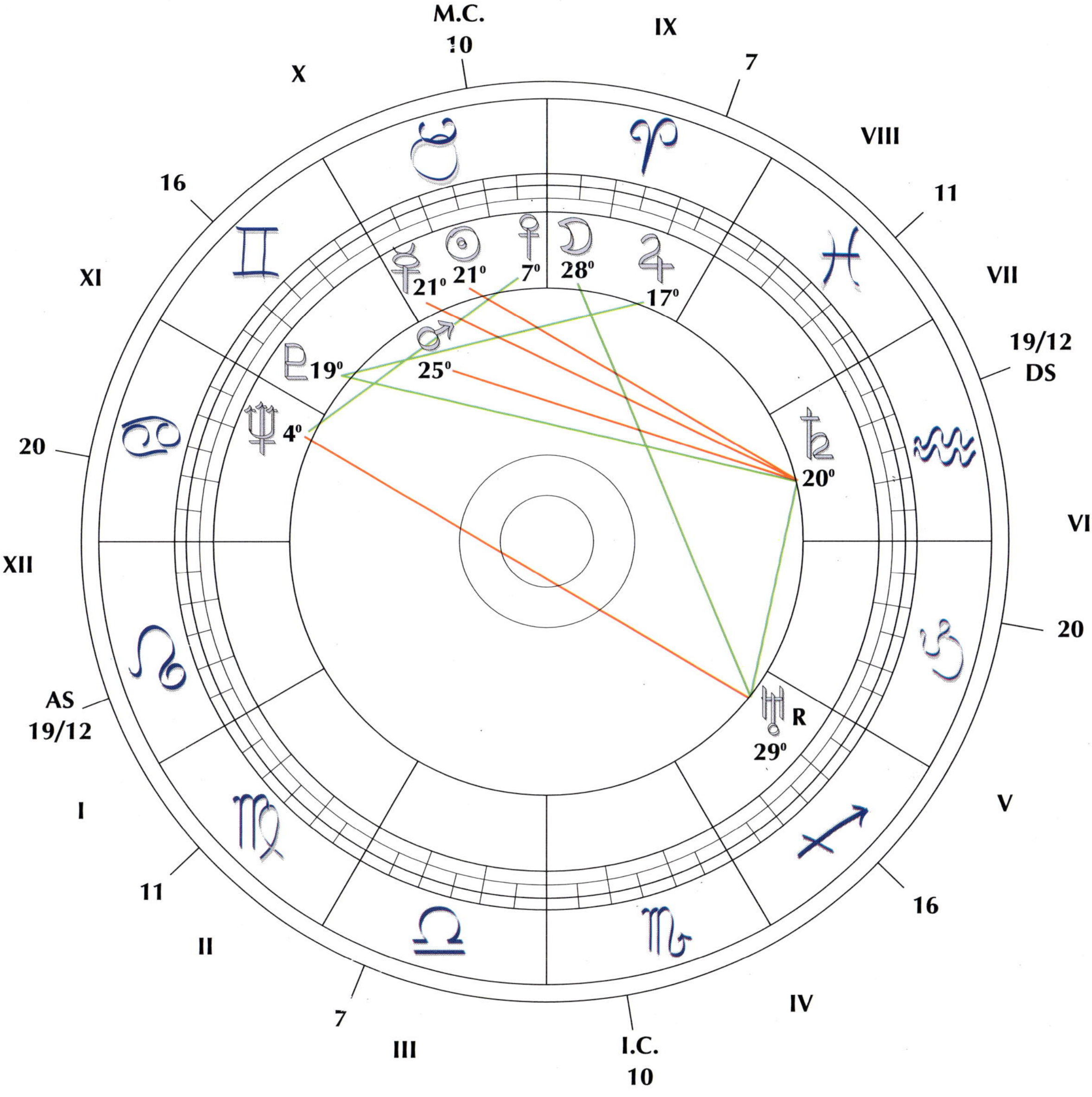

GEBURTSHOROSKOP VON MARILYN MONROE

Zwillinge im Sonnenzeichen und Löwe im Aszendenten sprechen ebenso für ihre Neugier und Lernbereitschaft wie für ihre starke Anziehungskraft und ihr verführerisches und attraktives Erscheinungsbild. Dies machte sie zu einem der größten Stars und zu einer mythischen Figur des Kinos.

Neptun im Aszendenten im Trigon zu Venus verliehen der Schauspielerin einen besonderen Zauber, die Zerbrechlichkeit eines Engels und eine faszinierende Aura. Dies alles war für ihre enorme Wirkung auf der Leinwand verantwortlich, nicht nur ihr gutes Aussehen.

Saturn im vierten Haus steht für eine problematische Kindheit und ein schwieriges Elternhaus, mit einer Mutter, die ihrer Tochter kaum Schutz bieten konnte.

Jupiter und Mond im Haus der Beziehungen sprechen für viele komplizierte Liebesgeschichten und Ehen.

Im achten Haus zeigt sich die sehr mächtige Konjunktion von Mars-Uranus im Zeichen Fische. Sie hat sicherlich harte Prozesse der inneren Regeneration durchlebt und fühlte sich zugleich von charismatischen und intellektuellen Männern angezogen. Marilyn Monroe starb plötzlich und unter Umständen, die bis heute nicht aufgeklärt sind, an einer Überdosis Schlaftabletten.

GEBURTSHOROSKOP

Name: *Marilyn Monroe*

Geburtsdatum: *1. Juni 1926* Geburtsstunde:

Geburtsort: *Los Angeles, Kalifornien (USA)* Greenwich-Zeit: *9,30 a. m.*

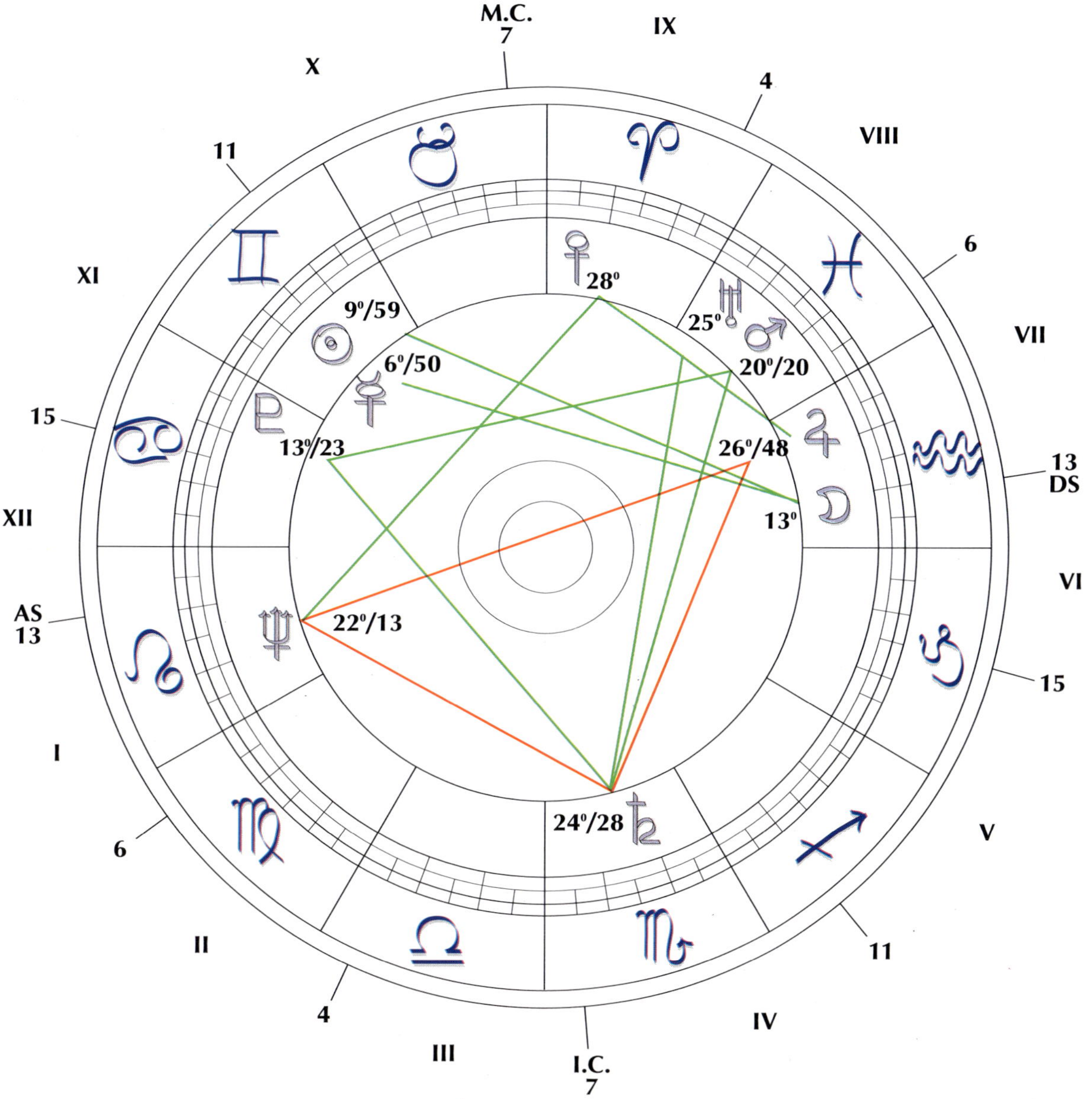

GEBURTSHOROSKOP VON ELIZABETH TAYLOR

Mit Fische im Sonnenzeichen und Stier im Aszendenten ist Liz Taylor eine Schauspielerin mit sehr komplexem Gefühlsleben und großen inneren Widersprüchen. Diese bestehen in ihrer Leidenschaft für die Freuden des Lebens und der Aufopferung für die Gemeinschaft. Sie besitzt jedoch auch großes schauspielerisches Talent und eine gewaltige Anziehungskraft.
Die Position der Sonne im elften Haus, dem Haus der Gruppe, und die Planeten Merkur und Mars im Zeichen Fische, in Opposition zum Planeten Neptun, sprechen für ihre Integrationsfähigkeiten und ihre Mitarbeit im Bereich der AIDS-Hilfe.
Die erwähnte Planetenkonstellation spricht, gemeinsam mit Jupiter im fünften Haus, für ihr Bedürfnis nach Mütterlichkeit. Dies ist der Grund, weshalb sie mehrere Kinder adoptierte.
Ihre turbulente Beziehung zum Schauspieler Richard Burton drückt sich auch in der Stellung des Mondes im Skorpion und im siebten Haus der Partnerschaft aus. Burton hat das Sonnenzeichen Skorpion. Er und Elisabeth Tylor waren mehrmals verheiratet und geschieden. Im siebten Haus zeigt sich dieser dauernde emotionale Prozeß von Begegnung, Verbindung und Trennung. Pluto im vierten Haus steht für eine recht schwierige Kindheit. Saturn im zehnten Haus verrät großen Ehrgeiz und gesellschaftlichen Erfolg.

GEBURTSHOROSKOP

Name: *Elizabeth Taylor*

Geburtsdatum: *27. Februar 1932* Geburtsstunde:

Geburtsort: *London, England* Greenwich-Zeit: *9 a. m.*

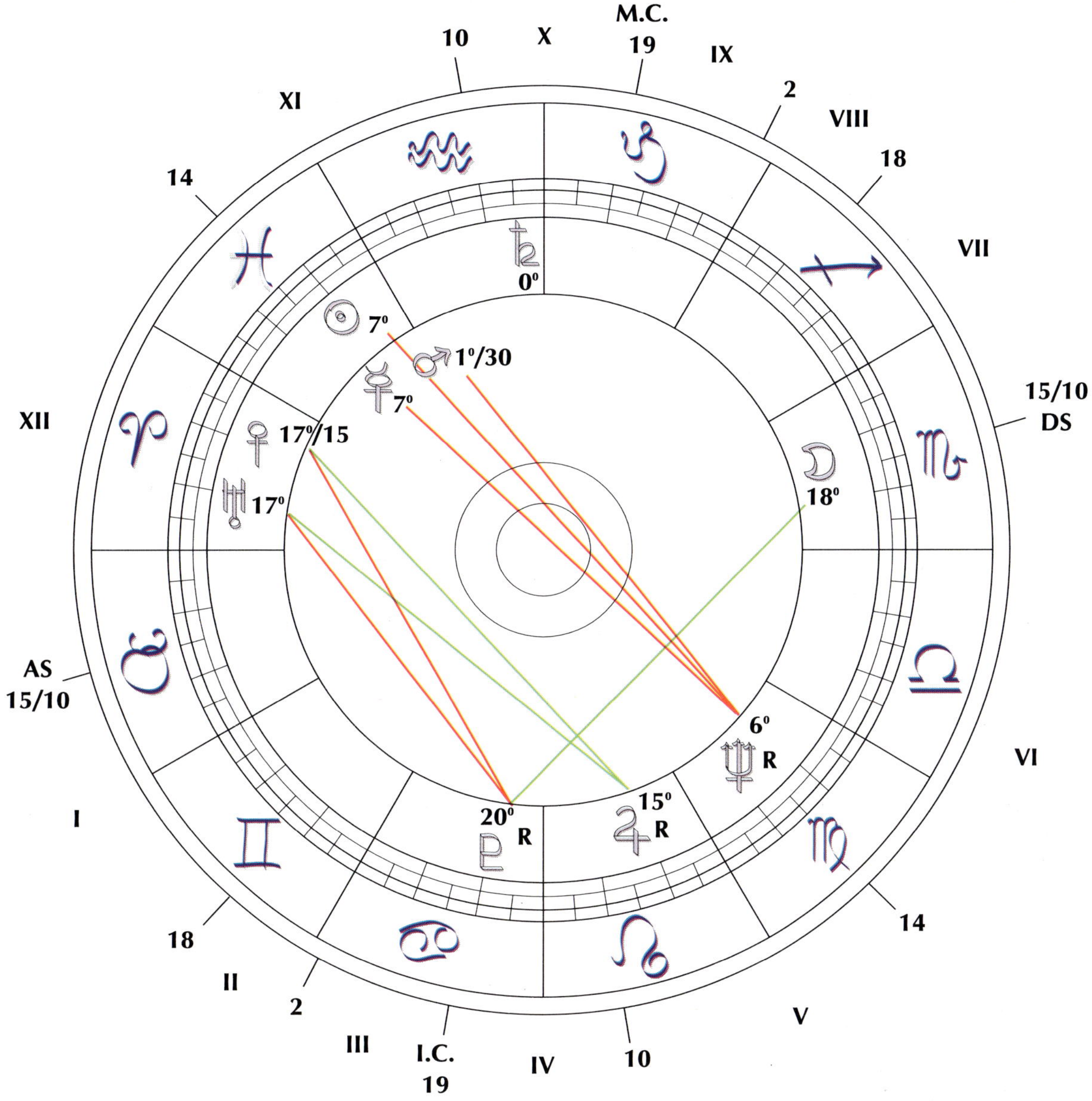

GEBURTSHOROSKOP VON MIGUEL INDURÁIN

Sonnenzeichen Krebs und Aszendent Löwe können darauf hinweisen, daß für Induráin der Radsport schon von Kindheit an eine Leidenschaft war. Der Sohn eines Bauern, dessen besondere Stärke das Zeitfahren ist, gewann im Jahr 1994 zum vierten Mal hintereinander die Tour de France.

Uranus und Pluto im Aszendenten zeigen, daß es sich bei ihm um eine starke und originelle Persönlichkeit handelt, die ihre eigenen Grenzen ständig aufs neue erprobt.

Jupiter im Medium Coeli, der sich über dem Sternzeichen Stier öffnet, steht in Konjunktion zu Mars im Zeichen Zwillinge und hat viele gute Aspekte zu Merkur und Mond. Der Planet seiner Berufung steht interessanterweise in Konjunktion mit Mars – dem Planeten der Energie, des Sports und der Körperkraft – und zwar in einem Zeichen der Kommunikation, der Fortbewegung und der kurzen Reisen. Dort aktiviert er die Popularität, die Herausforderung und das Vergnügen an Projekten. Merkur und Sonne im zwölften Haus sowie Saturn im siebten Haus deuten an, daß wir es möglicherweise mit einer introvertierten Persönlichkeit zu tun haben, die kein Freund großer Worte ist und reserviert erscheint. Andererseits zeigt der Mond im vierten Haus, daß für Induráin die Familie, seine Wurzeln und die Mutterfigur von großer Bedeutung sind.

GEBURTSHOROSKOP

Name: *Miguel Induráin*

Geburtsdatum: *16. Juli 1964* Geburtsstunde: *8 a. m.*

Geburtsort: *Villaba, Navarra* Greenwich-Zeit: *7 a. m.*

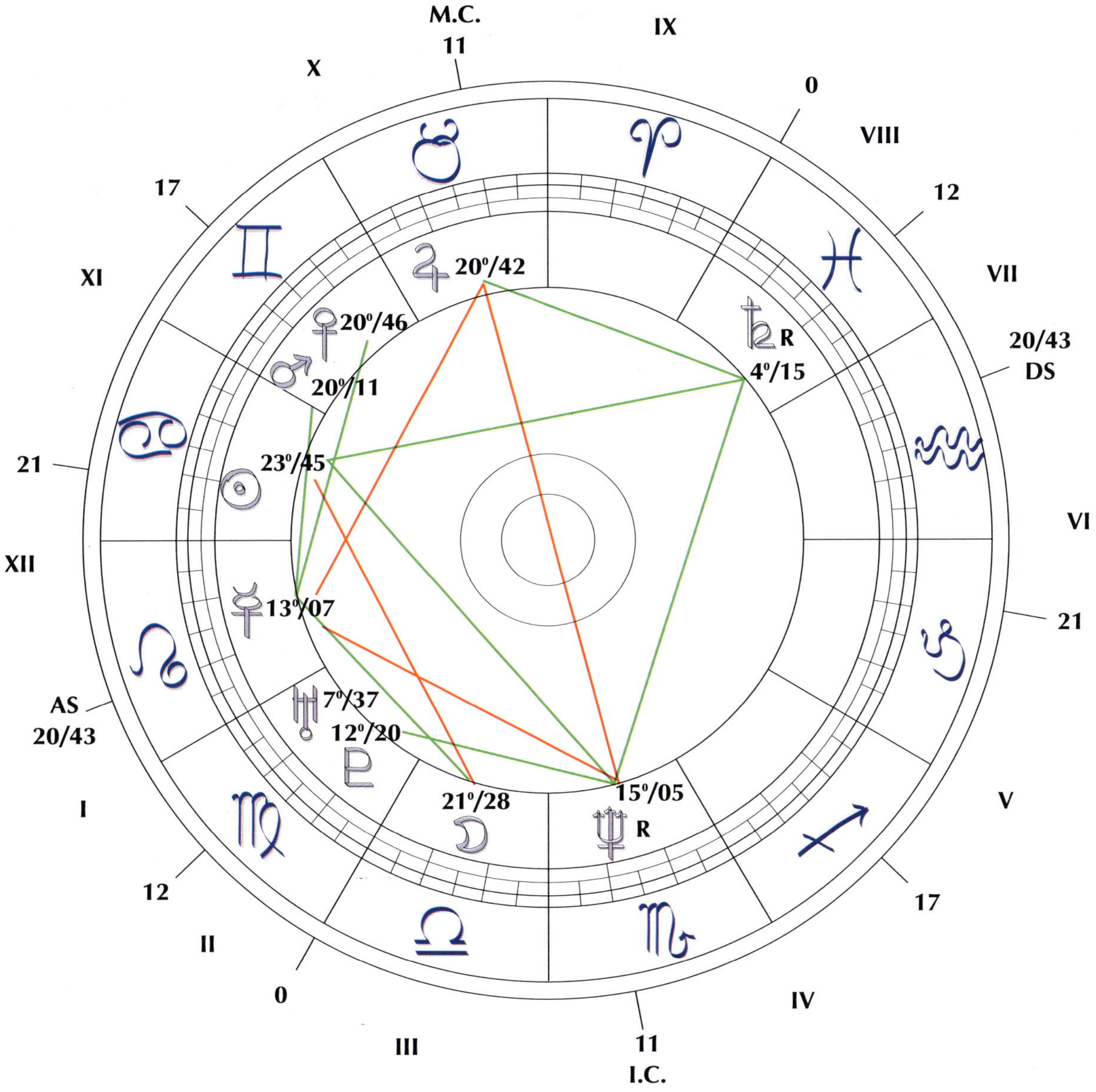

Wie man den Aszendenten berechnet

In diesem Kapitel wollen wir mit Hilfe einiger Tabellen zeigen, wie man schnell und einfach seinen Aszendenten berechnen kann. Dazu ist es unbedingt erforderlich seine Geburtsstunde so genau wie möglich anzugeben. In der folgenden Tabelle sucht man die Sternzeit seines Geburtstags heraus und zählt beide Stunden – die Geburtsstunde und die Sternzeit – zusammen. Mit Ergebnis kann man dann in den Tabellen auf den nächsten Seiten seinen Aszendenten ablesen.

STERNZEITTABELLE

Tag	Jan.	Feb.	März	April	Mai	Juni	Juli	August	Sept.	Okt.	Nov.	Dez.
1	6 41	8 43	10 33	12 36	14 34	16 36	18 34	20 37	22 39	0 37	2 39	4 37
2	6 45	8 47	10 37	12 39	14 38	16 40	18 38	20 40	22 43	0 41	2 43	4 41
3	6 49	8 51	10 41	12 43	14 42	16 44	18 42	20 44	22 47	0 45	2 47	4 45
4	6 53	8 55	10 45	12 47	14 46	16 48	18 46	20 28	22 51	0 49	2 51	4 49
5	6 56	8 59	10 49	12 51	14 50	16 52	18 50	20 52	22 54	0 53	2 55	4 53
6	7 00	9 03	10 53	12 55	14 53	16 56	18 54	20 56	22 58	0 57	2 59	4 57
7	7 04	9 07	10 57	12 59	14 57	17 00	18 58	21 00	23 02	1 01	3 03	5 01
8	7 08	9 10	11 01	13 03	15 01	17 04	19 02	21 04	23 06	1 05	3 07	5 05
9	7 12	9 14	11 05	13 07	15 05	17 08	19 06	21 08	23 10	1 09	3 11	5 09
10	7 16	9 18	11 09	13 11	15 09	17 11	19 10	21 12	23 14	1 12	3 15	5 13
11	7 20	9 22	11 13	13 15	15 13	17 15	19 14	21 16	23 18	1 16	3 19	5 17
12	7 24	9 26	11 17	13 19	15 17	17 19	19 18	21 20	23 22	1 20	3 23	5 21
13	7 28	9 30	11 21	13 23	15 21	17 23	19 22	21 24	23 26	1 24	3 27	5 25
14	7 32	9 34	11 25	13 27	15 25	17 27	19 26	21 28	23 30	1 28	3 30	5 29
15	7 36	9 38	11 28	13 31	15 29	17 31	19 29	21 32	23 34	1 32	3 34	5 33
16	7 40	9 42	11 32	13 35	15 33	17 35	19 33	21 36	23 38	1 36	3 38	5 37
17	7 44	9 46	11 36	13 39	15 37	17 39	19 37	21 40	23 42	1 40	3 42	5 41
18	7 48	9 50	11 40	13 43	15 41	17 43	19 41	21 44	23 46	1 44	3 46	5 45
19	7 52	9 54	11 44	13 46	15 45	17 47	19 45	21 47	23 50	1 48	3 50	5 48
20	7 56	9 58	11 48	13 50	15 49	17 51	19 49	21 51	23 54	1 52	3 54	5 52
21	8 00	10 02	11 52	13 54	15 53	17 55	19 53	21 55	23 58	1 56	3 58	5 56
22	8 03	10 06	11 56	13 58	15 57	17 59	19 57	21 59	0 02	2 00	4 02	6 00
23	8 07	10 10	12 00	14 02	16 01	18 03	19 01	22 03	0 05	2 04	4 06	6 04
24	8 11	10 14	12 04	14 06	16 04	18 07	19 05	22 07	0 09	2 08	4 10	6 08
25	8 15	10 18	12 08	14 10	16 08	18 11	19 09	22 11	0 13	2 12	4 14	6 12
26	8 19	10 21	12 12	14 14	16 12	1815	19 13	22 15	0 17	2 16	4 18	6 16
27	8 23	10 25	12 16	14 18	16 16	18 19	19 17	22 19	0 21	2 20	4 22	6 20
28	8 27	10 29	12 20	14 22	16 20	18 22	19 21	22 23	0 25	2 23	4 26	6 24
29	8 31	12 24	14 26	16 24	18 26	19 25	22 27	0 29	2 27	4 30	6 28	
30	8 35		12 28	14 30	16 28	18 30	19 29	22 31	0 33	2 31	4 34	6 32
31	8 39		12 32		16 32		19 33	22 35		2 35		6 36

■ ASZENDENTENTABELLE

NORDDEUTSCHLAND

IHR ASZENDENT

Sie kennen bereits die Ortszeit Ihrer Geburtsstunde. Nun zählen Sie die Ortszeit und die Sternzeit Ihres Geburtsdatums, die Sie aus der Sternzeittabelle entnehmen, zusammen. Wenn Sie in Norddeutschland geboren sind, können Sie mit diesem Ergebnis in den folgenden Tabellen Ihren Aszendenten finden.

ASZENDENTENTABELLE FÜR PERSONEN, DIE IN NORDDEUTSCHLAND GEBOREN SIND (Dänische Grenze bis etwa Linie Düsseldorf – Leipzig)

0.18 Uhr 21 Sek. bis 3.06 Uhr 10 Sek.	LÖWE
3.10 Uhr 12 Sek. bis 5.55 Uhr 38 Sek.	JUNGFRAU
6.00 Uhr 00 Sek. bis 8.49 Uhr 48 Sek.	WAAGE
8.53 Uhr 51 Sek. bis 11.41 Uhr 44 Sek.	SKORPION
11.45 Uhr 19 Sek. bis 14.14 Uhr 44 Sek.	SCHÜTZE
14.18 Uhr 37 Sek. bis 15.59 Uhr 37 Sek.	STEINBOCK
16.03 Uhr 48 Sek. bis 17.07 Uhr 49 Sek.	WASSERMANN
17.12 Uhr 09 Sek. bis 17. 55 Uhr 38 Sek.	FISCHE
18.00 Uhr 00 Sek. bis 18.47 Uhr 51 Sek.	WIDDER
18.52 Uhr 11 Sek. bis 19.56 Uhr 12 Sek.	STIER
20.00 Uhr 24 Sek. bis 21.41 Uhr 23 Sek.	ZWILLINGE
21.45 Uhr 16 Sek. bis 0.14 Uhr 41 Sek.	KREBS

■ ASZENDENTENTABELLE

MITTELDEUTSCHLAND

IHR ASZENDENT

Sie kennen bereits die Ortszeit Ihrer Geburtsstunde. Nun zählen Sie die Ortszeit und die Sternzeit Ihres Geburtsdatums, die Sie aus der Sternzeittabelle entnehmen, zusammen. Wenn Sie in Mitteldeutschland geboren sind, können Sie mit diesem Ergebnis in den folgenden Tabellen Ihren Aszendenten finden.

ASZENDENTENTABELLE FÜR PERSONEN, DIE IN MITTELDEUTSCHLAND GEBOREN SIND (Linie Düsseldorf – Leipzig bis etwa Karlsruhe – Regensburg)

0.25 Uhr 42 Sek. bis 3.10 Uhr 12 Sek.	LÖWE	♌
3.14 Uhr 15 Sek. bis 5.55 Uhr 38 Sek.	JUNGFRAU	♍
6.00 Uhr 00 Sek. bis 8.45 Uhr 45 Sek.	WAAGE	♎
8.49 Uhr 48 Sek. bis 11.34 Uhr 18 Sek.	SKORPION	♏
11.37 Uhr 58 Sek. bis 14.03 Uhr 8 Sek.	SCHÜTZE	♐
14.06 Uhr 59 Sek. bis 15.51 Uhr 15 Sek.	STEINBOCK	♑
15.55 Uhr 25 Sek. bis 17.03 Uhr 29 Sek.	WASSERMANN	♒
17.07 Uhr 49 Sek. bis 17.55 Uhr 38 Sek.	FISCHE	♓
18.00 Uhr 00 Sek. bis 18.52 Uhr 11 Sek.	WIDDER	♈
18.56 Uhr 31 Sek. bis 20.04 Uhr 35 Sek.	STIER	♉
20.08 Uhr 45 Sek. bis 21.53 Uhr 01 Sek.	ZWILLINGE	♊
21.56 Uhr 52 Sek. bis 0.22 Uhr 02 Sek.	KREBS	♋

IHR ASZENDENT

Sie kennen bereits die Ortszeit Ihrer Geburtsstunde. Nun zählen Sie die Ortszeit und die Sternzeit Ihres Geburtsdatums, die Sie aus der Sternzeittabelle entnehmen, zusammen. Wenn Sie in Süddeutschland, Österreich oder der Schweiz geboren sind, können Sie mit diesem Ergebnis in den folgenden Tabellen Ihren Aszendenten finden.

ASZENDENTENTABELLE FÜR PERSONEN, DIE IN ÖSTERREICH, DER SCHWEIZ ODER SÜDDEUTSCHLAND GEBOREN SIND

0.36 Uhr 45 Sek. bis 3.14 Uhr 15 Sek.	LÖWE
3.18 Uhr 19 Sek. bis 5.55 Uhr 38 Sek	JUNGFRAU
6.00 Uhr 00 Sek. bis 8.41 Uhr 41 Sek.	WAAGE
8.45 Uhr 45 Sek. bis 11.23 Uhr 15 Sek.	SKORPION
11.26 Uhr 56 Sek. bis 13.51 Uhr 37 Sek.	SCHÜTZE
13.55 Uhr 27 Sek. bis 15.42 Uhr 57 Sek.	STEINBOCK
15.47 Uhr 06 Sek. bis 16.59 Uhr 10 Sek.	WASSERMANN
17.03 Uhr 29 Sek. bis 17.55 Uhr 38 Sek.	FISCHE
18.00 Uhr 00 Sek. bis 18.56 Uhr 31 Sek.	WIDDER
19.00 Uhr 50 Sek. bis 22.04 Uhr 33 Sek.	STIER
20.17 Uhr 03 Sek. bis 22.04 Uhr 33 Sek.	ZWILLINGE
22.08 Uhr 23 Sek. bis 0.33 Uhr 04 Sek.	KREBS

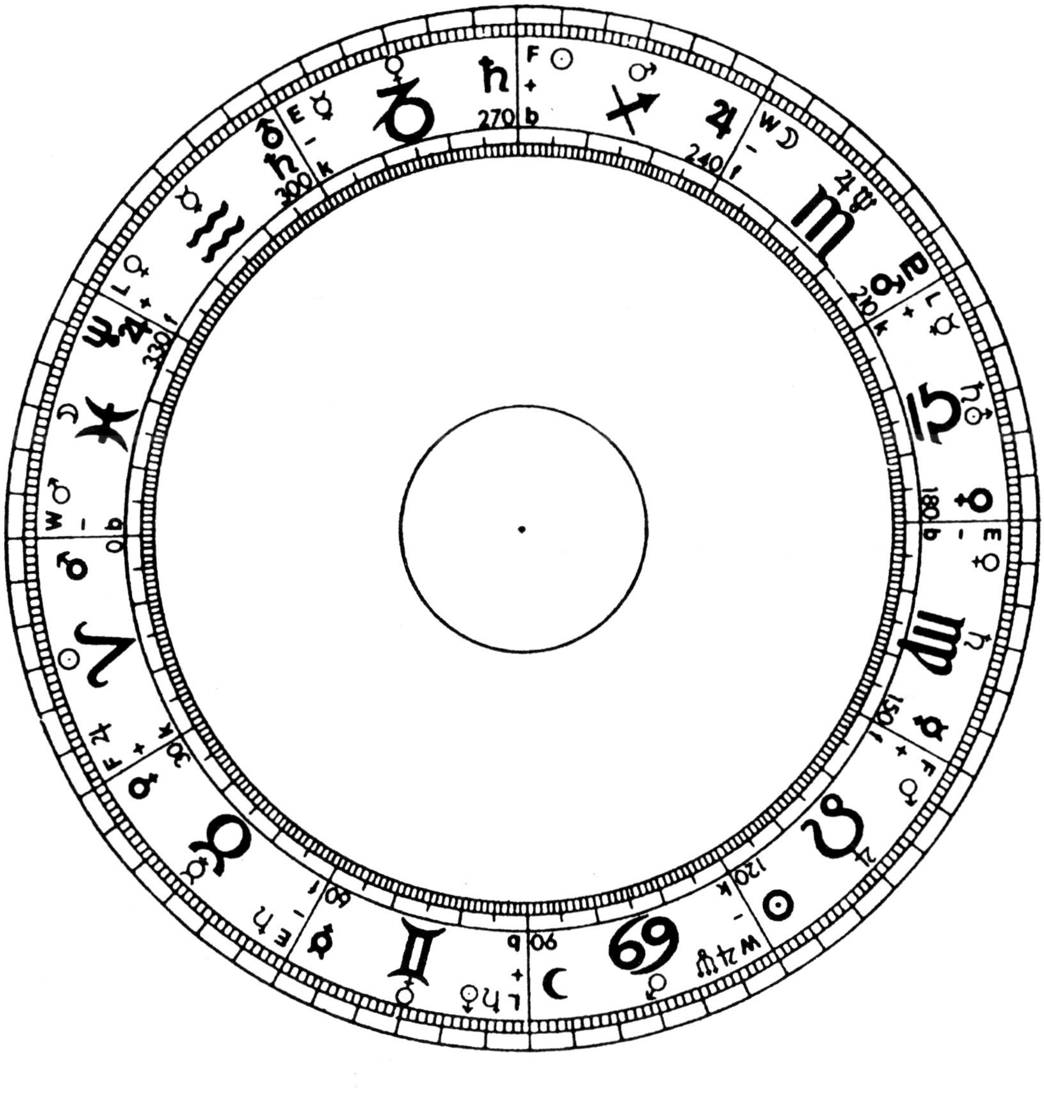
270
240
210
180
150
120
90
60
30
0
330
300

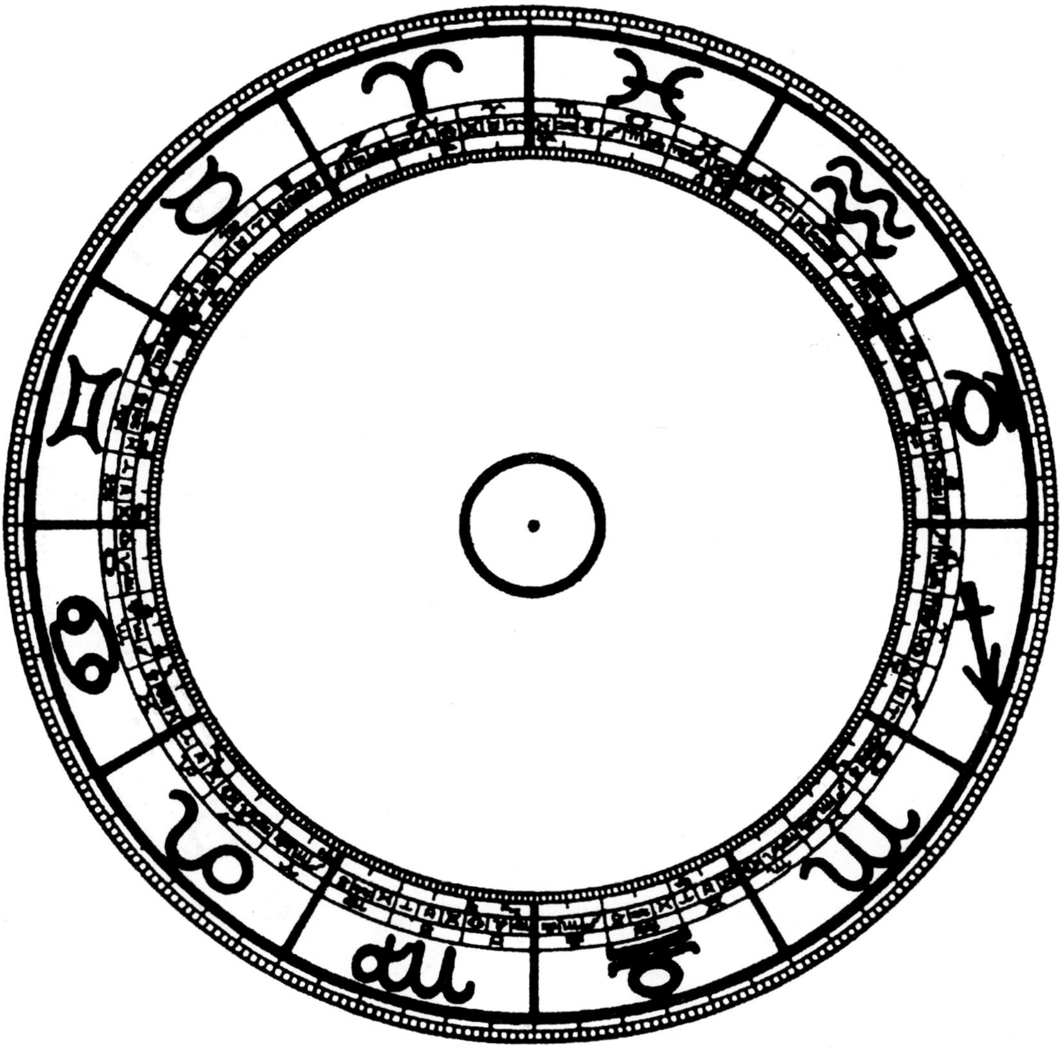

Inhalt